Silke Wojtowitz

CHERIELL

Auf der Suche nach einem neuen Heimatplaneten

Fantasy-Reality-Roman

Bibliografische Information der
Deutschen Nationalbibliothek:
Die Deutsche Nationalbibliothek verzeichnet diese
Publikation in der Deutschen Nationalbibliografie;
detaillierte bibliografische Daten sind im Internet
über www.dnb.de abrufbar.

Impressum
Herstellung und Verlag:
BoD – Books on Demand, Norderstedt
ISBN 978-3-7526-7180-3
Germany (EU)
http://www.bod.de
Herausgeberin: Silke Wojtowitz
Copyright © (2020) Silke Wojtowitz
Alle Rechte liegen bei der Autorin
www.siltowi.de
Gestaltung des Covers:
Silke Wojtowitz, Adrian Wojtowitz

Widmung

Für meine geliebte Familie

Gut, dass wir alle eine Heimat haben

Cheriell

Goldglänzend schlugen die Wellen gegen den Küstenstreifen, während die am Horizont versinkende Abendsonne ihre letzten Strahlen wie das wallende Haar einer rothaarigen Amazone über den bewegten Ozean schickte.

Als die Strömung sich zurückzog, ließ sie dunkelgrün funkelnden Algenschlamm auf dem hellen Sand zurück.

Im Schutze einer Palmengruppierung auf einem etwas erhöhten Granitstein, der dem Treiben der See nicht direkt ausgesetzt war, saß ein Adlerweibchen. Es ließ seinen Blick über die Schönheit des Farbenspiels gleiten und lauschte dem Klang der aufspritzenden Gischt.

Sein ungewöhnliches weißes Federkleid war für einen Moment in ein zartes Rosa gehüllt. So wirkte es sekundenlang optisch fast wie einen Flamingo, wäre da nicht die offensichtliche Raubvogelsilhouette gewesen.

Wie jeden Abend hatte die stattliche Adlerdame hier sehnsüchtig darauf gewartet, dass die Abendsonne im Meer versank. Nun war es endlich so weit.

Kurz entschlossen schwang sich der imposante Vogel in die Lüfte, rauschte zu einer kleinen geschützten Nische, welche sich seitlich des Felsens befand und ließ sich dort nieder. Inzwischen wurde der rote Feuerball endgültig vom Meer verschlungen.

Mit dem letzten Funken Sonnenlicht erstrahlte die Aura des Adlerweibchens in einem gleißenden Schimmer und als der Schein verglommen war, stand an der gleichen Stelle ein junges Mädchen mit weißblondem Haar.

Sie war von schlanker Gestalt und mit einem weißen Kleid aus flatterndem Stoff bekleidet, welches ihr bis zu den Knien reichte.

Nachdem sie kurz die feinen verbliebenen Adlerfedern aus ihrer langen Mähne geschüttelt hatte, sprang sie auf und lief barfuß den Strand entlang. Dabei hüpfte und tanzte sie leichtfüßig in freudiger Erregung über den feinen Sand der kalifornischen Küste.

Sie hatte diesen Strandabschnitt mit Bedacht ausgewählt. Es gab hier Felserhebungen direkt an der vielbefahrenden Straße, welche die Küste säumte. Diese waren von unten her nicht einsehbar. So konnte sie die weite Küste beobachten, an dem in dieser Region nicht viel los war. Außerdem hatte sie dort vereinzelnd tiefe Einbuchtungen sowie Gebüsch entdeckt, in denen sie Schutz suchen konnte, sobald sie am Tage ihre Vogelgestalt besaß. Ein paar Kilometer weiter südlich dagegen tobte das Leben. Es gab in dieser Gegend unzählige Ferienhäuser sowie die Villen reicher Schauspieler und Hotels. Eine geteerte Promenade und der Palisaden Park säumten das schier unendliche Ufer, an dem eine Unmenge elektrischer Lichter einladend funkelten.

Dorthin wollte sie, um wenigsten des Nachts das Leben mit den Augen einer Erdentochter zu sehen. Dies war ihr tagsüber versagt, denn nur mit Verschwinden des letzten Sonnenstrahls nahm sie die menschliche Gestalt an. Am Tage schlief sie meistens, verborgen in einer der geschützten Gesteinshöhlen, dort wo sich jenseits des Highways das Land in unendlichen Hügeln erhob.

Bisher war sie von niemandem gestört worden. Sie war sich aber der Gefahr bewusst, denn ein weißer Adler fiel zu sehr auf. Zu begehrt waren die silbrigen Federn ihres Gefieders. Sie wollte auf keinen Fall in einem *Zoo* landen, wie die Menschen dieses Planeten ihre Käfigansammlungen mit eingesperrten Tieren nannten.

Und doch musste sie manchmal auch am Tage vorsichtige Ausflüge in höheren Lüften unternehmen, um die Gegend zu erkunden. Meistens überflog sie dann naheliegende Gelände mit aus ihrer Sicht sehr niedrigem Baum- und Strauchbestand, von denen es im Bereich der Küste etliche gab. Sie suchte nach einer von Menschen unbewohnten Gegend, in der es hohe Bäume und dichtes Unterholz geben musste. Bisher war sie jedoch nicht fündig geworden. Dabei war sie bereits zwei Treaden hier.

Der Auftrag des Anführers ihres Volkes war eindeutig gewesen. Er hatte sie allein als Kundschafterin auf diesen lauten unwirtlichen Planeten gesandt.

„Cheriell", hatte Trontan zu ihr gesagt, „unser Heimatstern verödet zusehends. Wir müssen Ersatz finden. Du begibst dich zum blauen Planeten, den seine Bewohner *die Erde* nennen. Versuche herauszufinden, ob man uns dort willkommen heißen würde. Es bleiben uns vielleicht noch fünf Dekaden, bevor wir keine Nahrung mehr auf Chartoriak finden werden und diese ständigen Erdbeben bilden eine unkalkulierbare Gefahr. Wir sind gezwungen eine neue Bleibe zu finden. Wir bringen dich des Nachts in die Umlaufbahn der Erde und holen dich ebenfalls in der Nacht nach zwei Dekaden wieder ab. Bis zu diesem Zeitpunkt musst du erkundet haben, ob sich auf der Erde ein Platz findet, an dem wir ungestört leben können, ohne verhungern zu müssen."

Nun war sie also hier und hatte arge Schwierigkeiten dem Befehl Trontans zu gehorchen, denn dieser Planet war größer als sie es sich je hatte vorstellen können.

Zudem war sie mit ihrem kleinen Shuttle durch überraschend aufkommende Winde abgetrieben worden. Ihre Landung im Ozean war dementsprechend unsanft gewesen. Sie hatte sich nur mühsam aus dem Flugobjekt befreien können, gerade noch rechtzeitig bevor es unterging. So war sie an dieser Küste gestrandet, ohne die Möglichkeit zu haben, sie aus eigener Kraft wieder zu verlassen. Der Anführer hatte seine Adler-kundschafter natürlich auch zu anderen Planeten geschickt, nur fehlte jeglicher Kontakt untereinander. Jeder war auf sich selbst gestellt. Man wusste nicht, ob einer der Anderen etwas erreicht hatte. Cheriell musste also ihr Bestes tun, um hier eine Bleibe zu finden und warten, bis man sich meldete. Das Leben hatte sich hier für die Adlerfrau schwerer herausgestellt als vermutet.

Sobald sie sich in der Abenddämmerung zu einem Menschen umwandelte, waren ihre Möglichkeiten sehr begrenzt. Sie kam nur wenige Kilometer weit und hatte keinen Überblick. Dies war besonders zu Anfang sehr beunruhigend gewesen.

Was wusste sie schon von den Menschen? So gut wie gar nichts. Auf jeden Fall nicht genug. Deshalb war sie sehr achtsam, suchte die Deckung und beobachtete im Hintergrund aus sicherer Entfernung.

Nun näherte sie sich allmählich dem bunten Treiben auf der Promenade. Ihr Schritt wurde gemessener. Sie hatte gelernt, sich unauf-fällig zwischen den Menschengruppen zu bewegen, ja, sich einzufügen in den Reigen der bunten Ansammlung von Lebewesen. Oft wurden die Leute von Vierbeinern begleitet, Wesen mit Schwänzen, welche es auf ihrem

Heimatplaneten nicht gab. *Hunde* hießen diese Tiere, mit hingebungsvollen Augen und einem unterwürfigen Gehabe ihrem Herrn oder ihrer Dame gegenüber. Laut kläffend tobten sie über den Strand oder die Wege.

Langsam betrat Cheriell den breiten Sandweg, der teils von Palmen gesäumt und mit Blumenkübeln verziert war oder auch unmittelbar an die weißgetünchten Mauern der Ferienclubs oder Hotels stieß. Von hier aus konnte man weit über das darunter liegende Meer schauen. Laute Musik ertönte aus einer Bar. Sie setzte sich auf eine der Holzbänke und lauschte dem Klang.

Auf Chartoriak gab es so etwas nicht. Dort herrschte eine geruhsame Stille, welche lediglich von dem gewaltigen Flügelrauschen der Vogelmenschen oder den Geräuschen kleinerer Untervögel unterbrochen wurde. Aber Cheriell hatte diese Musik auf Terra lieben gelernt. Sie rührte ihr Herz.

Die hellerleuchteten Eingänge der Häuser und Läden mit ihren flimmernden Schildern und Flackern luden zum Verweilen ein. Doch Cheriell traute sich nicht irgendeines zu betreten. Deshalb betrachtete sie nur die Menschen, die laut lachend hineingingen und oft stark schwankend wieder herauskamen. Die Personen waren mit allerlei Glitzerkram behängt, deren Glanz ihr in den Augen stach. Wozu er gut sein sollte, war Cheriell ein

Rätsel. Das ewige Klimpern würde sie nervös machen.

Im Moment beobachtete sie ein Paar, das auf der langen Promenade eng umschlungen auf sie zukam und miteinander flüsterte.

Der weibliche Mensch der Beiden war kleiner als der männliche. Sie trugen kurze Shorts und Hemden. Sie unterschieden sich daher von den meisten anderen Menschen, die an diesem Abend glamouröser wirkten.

Der Mann hatte rötliches schulterlanges Haar, einen Bart und dunkelbraune Augen.

Die Frau sah mit den kurz geschorenen schwarzem Haar eher wie der männliche Teil der Beiden aus, wenn nicht die unbehaarten wohlgeformten Beine gewesen wären und die nicht zu übersehende große Brust. Die blauen Augen blickten unruhig in der Gegend umher. Es war eine der Hauptbeschäftigungen der Adlerfrau die Menschen nach ihrem Geschlecht zu unterscheiden.

Welche dieser Wesen waren die friedlicheren, welche waren vertrauenswürdiger?

Die Chartorianer waren ebenfalls unterschiedlichen Geschlechts. Dort gab es zudem eine starke Rangordnung. Wie war es bei der menschlichen Rasse?

Viele Fragen schwirrten Cheriell durch den Kopf. Die Lebensgemeinschaft auf ihrem Planeten war um einiges unkomplizierter als hier auf der Erde. Dies war ihr inzwischen sehr bewusst geworden. Sie sollte natürlich nicht die gesamte vielfältige Welt der Menschen auskundschaften, nein, dazu war diese viel zu riesig.

Ihr Anführer Trontan und seine Ratgeber hatten vorweg über Späher herausgefunden, dass es an dem Ort, an welchem Cheriell ursprünglich landen sollte, eine intakte Pflanzen- und Tierwelt gab. Außerdem sollten auch Süßwasser, größere Waldgebiete, Seen und Felsenverstecke vorhanden sein. Dies war es, was ihr Volk benötigte. Doch da ihr Shuttle so weit entfernt vom Kurs abgekommen war, hatte sie diese Gegend noch nicht finden können.

Nun musste sie sich stattdessen an dieser salzwasserhaltigen, kargen und unwirtlichen Küste umsehen. Cheriell seufzte.

‚Hier ist es zu unruhig‘, dachte sie tief enttäuscht, ‚viel zu laut und voller Menschen, die sich auch in den Wäldern herumtreiben.‘

In einiger Entfernung hatte sie schon eine Art Waldfläche entdeckt. Aber auch durch diese sich offensichtlich weit erstreckenden Baumbestände führten unzählige Straßen, immer belebt von stinkenden Fahrzeugen. Zudem waren sie teilweise durchzogen von kahlen Hügeln, die einfach nur sandig waren. Wie konnte man in solch einer Landschaft genügend Essbares finden oder Schutz suchen?

Sie wandte ihre Aufmerksamkeit wieder dem Paar zu. Sie waren etwa zehn Schritte von

Cheriell entfernt, als sie urplötzlich von einer Horde lederbekleideter Männer umkreist wurden. Drohend schwangen diese Ketten und blitzende Klingen. Die Kerle schienen Cheriell nicht zu bemerken, die erstaunt zusah, wie erst die Frau und dann der Mann zu Boden ging.

Einer der Ledertypen entwendete dem Mann ein kleines Päckchen, bevor die gesamte Gruppe schleunigst durch eine Seitenstraße davonstürmte.

Zurück auf dem Promenadenkies blieben die bewegungslosen Gestalten des jungen Paars.

Alles war so schnell gegangen, dass offensichtlich kaum einer der Passanten etwas mitbekommen hatte. Jetzt standen einige einfach nur total schockiert oder verblüfft murmelnd da und rührten sich nicht.

Auch Cheriell selbst musste sich erst einmal sammeln, bevor sie aufsprang und zu den Überfallenden lief. Sie kniete neben ihnen nieder und versuchte den Puls am Hals der Frau zu fühlen, spürte aber keinen.

Die Halsschlagader des Mannes pulsierte schwach. Aus seiner Schläfe lief ein dünner Rinnsal roter Flüssigkeit. Er lebte noch, brauchte aber dringend Hilfe. Cheriell war während ihrer Ausbildung zur Kundschafterin gelehrt worden, dass im Inneren eines Menschen der Erde diese Flüssigkeit in Form eines Kreislaufes floss genauso wie bei den Chartorianern. Man nannte sie auf der Erde

Blut. Bei ihrem eigenen Volk floss *Tzak*, ein transparenter Energiestrom, der den Vogelmenschen das Leben gab.

Ebenso wie die Vogelmenschen konnte ein Mensch der Erde ohne das Blut nicht leben. So versuchte sie instinktiv die Blutung zu stoppen, indem sie ihren Daumen fest auf die pulsierende Ader drückte, aus der es kam.

Nach kurzer Zeit lief weniger Blut heraus, so dass sie den Druck langsam verringern konnte.

Inzwischen hatten sich mehrere wild durcheinander gestikulierende Leute um sie herum eingefunden.

Zwei Männer in weißorangen Overalls und Handschuhen knieten sich bei dem Verletzten nieder und begannen die Wunde mit weißen Stoffstreifen abzubinden. Zwei andere versuchten mit kräftigen Schlägen auf die Brust der toten Frau einen verzweifelten Wiederbelebungsversuch.

Plötzlich berührte ein Mann Cheriell an den Schultern und zog sie sanft hoch.

„Sie haben genug getan, Miss", seine Stimme klang rau und belegt. „Alles Weitere muss der Arzt erledigen. Der Rettungswagen ist bereits eingetroffen und der Hubschrauber kommt auch gleich."

Cheriell blickte in seine freundlichen Augen, während neben ihr ein anderer Mann in Uniform knappe Befehle erteilte, um den Verletzten zu stabilisieren.

Im Hintergrund nahm sie das heftige Schlagen der Wellen gegen den Strand wahr. Der Wind hatte zugenommen. Die Geräusche mischten sich mit dem stärker werdenden Lärm des abendlichen Straßenverkehrs.

„Rettungswagen?", wiederholte sie das ihr unbekannte Wort. Inzwischen drängten sich weitere Personen an ihr vorbei. Unweigerlich wurde sie von dem Verletzten weggeschoben.

In der Ferne erklang das harte Rattern der Helikopterflügel.

„Ja, der städtische Notarzt ist gerade damit angekommen", erläuterte Mark Terry, der immer noch ihren Arm hielt. „Aber ich glaube, durch Ihr schnelles Eingreifen haben Sie dem Jungen das Leben gerettet."

‚Sie scheint unter Schock zu stehen', dachte Captain Mark Terry. ‚Ich sollte sie vorsorglich gleich mit ins Hospital bringen lassen.'

„Die Frau lebt nicht mehr", flüsterte Cheriell. Eine lange Haarsträhne fiel ihr über die Augen. Mechanisch fuhr sie mit den Fingern durch ihr wallendes Haar und strich sie quer über den Kopf zurück.

„Sie haben Recht, leider", bestätigte er ihre Aussage, gefangen von ihrer anmutigen Gestik. Er räusperte sich und besann sich seines Jobs. „Ihr wurde die Halsschlagader durchtrennt. Die Sanitäter hatten keine Chance sie zu retten. Der Junge hat Glück gehabt."

Cheriell sah den Mann neben sich genauer an. Er war recht groß gewachsen. Sein kurz geschnittenes, gewelltes dunkelbraunes Haar sowie seine braunen Augen passten gut zu der sonnengebräunten Haut. Was hatte er gesagt? Sie hatte dem Jungen das Leben gerettet?

‚Ich habe nur getan, was getan werden musste‘, dachte sie. ‚Wie ich es auch in meiner Heimat gemacht hätte, wenn jemand verletzt wäre.‘ Schade, dass sie die hübsche Frau nicht hatte retten können.

Deren Hals war von den brutalen Schlägen der schrecklichen Männer zerfetzt. Cheriell schüttelte sich unwillkürlich.

Mark fasste dies als das Zeichen einer nachträglichen Schwäche auf. Diese hübsche graziöse Frau war bisher erstaunlich standhaft geblieben, obwohl der Anblick der Toten und des Verletzten nicht gerade appetitlich war.

„Warum bewegt er sich nicht?“

Ihre Frage kam so spontan, dass Mark erst einmal stutzte.

‚Er scheint Erfahrung mit solchen Vorfällen zu haben‘, überlegte sie derweil, ‚weil er sofort erkannt hat, woran die Schwarzhaarige gestorben ist.‘ Ihr war nicht aufgefallen, ob noch irgendjemand den Vorfall beobachtet hatte, der hätte helfen können.

„Der Mann ist noch bewusstlos“, klärte er sie auf, erstaunt über ihre Frage.

‚Eigenartig', dachte er, ‚sie leistet erste Hilfe und weiß nicht, dass er ohnmächtig ist? Sie ist wohl verwirrter als ich angenommen habe.' Die zarte Blässe in ihrem Gesicht drückte sowohl den Schreck als auch Erstaunen aus. Besorgt betrachtete er sie genauer.

„Sind Sie in Ordnung? Soll ich Sie vielleicht zum Krankenhaus fahren, damit Sie etwas zur Beruhigung bekommen?", schlug er deshalb vorsichtig vor.

Sie richtete ihre tiefgrünen Augen auf ihn. Eine solche Augenfarbe hatte er noch nie gesehen.

‚Wie das tiefe Blattgrün des Urwaldes', schoss es ihm durch den Kopf.

Das wunderschöne Wesen schaute ihn verständnislos an.

„Mir geht es gut! Aber warum haben diese Männer das getan?"

„Männer? Haben Sie etwa gesehen, was geschehen ist?" Mark war noch gar nicht auf die Idee gekommen, dass sie den Überfall beobachtet haben könnte.

„Ja, natürlich", erwiderte Cheriell. „Mehrere Männer schlugen mit Ketten auf die Beiden ein."

Mark sah sich um. Es war besser, diese Zeugin abseits der Menschengruppen zu verhören. Bisher hatte sich keiner der Passanten dahingehend geäußert, dass er etwas beobachtet hatte, obwohl seine Kollegen bereits bei den Leuten standen und sie befragten. Falls die Verbrecher es spitz bekamen, dass tatsächlich eine Zeugin existierte, war sie in Gefahr. Und das war das Schlimmste, was er sich im Moment vorstellen konnte. Sie faszinierte ihn. So nahm er sie am Arm und schob sie von den Leuten weg.

„Kommen Sie. Wir machen einen Spaziergang und Sie erzählen mir alles", schlug er ihr leise aber bestimmt vor und schob sie von den Leuten weg. Sie ließ sich überrascht, aber doch bereitwillig fortführen. Gemeinsam gingen sie die Promenade entlang.

„Wie viele waren es?", fragte er nach einer Weile.

Cheriell war ganz in Gedanken versunken neben ihm hergegangen. Seine Nähe löste in ihr ein unbekanntes Gefühl aus. Sein Geruch und sein geschmeidiger Gang fesselten ihre Sinne. Er hatte sein Hemd wegen der Hitze fast bis zum Bauchnabel geöffnet.

Cheriell vermied es tunlichst ihren Blick auf die gekräuselten Haare auf der muskulösen Brust ihres Begleiters zu richten.

Die männlichen Vogelmenschen waren haarlos am Körper. Nur das Kopfhaar wuchs beständig. Dieser hünenhafte Mann von der Erde war so anders. Am liebsten hätte sie die behaarte Brust berührt, um auszuprobieren wie es sich anfühlte. Sie konnte sich gerade noch beherrschen und schloss die eine Hand um die andere. Auf seine Frage hin und um sich abzulenken, begann sie zu erzählen.

„Es waren sieben, glaube ich. Alle in schwarzer Kleidung oder Gefieder?"

Mark runzelte die Stirn. „Gefieder?"

„Nein, nein", korrigierte sie sich schnell. „Kein Gefieder, schwarzes ... ich weiß es nicht, aber schwarz. Einer hatte ein Bild auf seinem Arm. Etwas Langes, Geringeltes durch das ein Kreuz ging."

„Eine Schlange?", fragte Terry nach.

„Was ist das, eine Schlange?" Cheriell sah ihn irritiert an.

„Äh ...", machte der Captain und zog überrascht die Augenbrauen hoch. „Ein längliches meist ziemlich gefährliches Tier."

„Ach so, na ja, jedenfalls trugen einige der anderen ebenfalls Bilder auf der Haut. Aber es ging so schnell, dass ich mir gar nicht alles merken konnte. Sie stürzten sich auf den Mann und die Frau, schlugen sie nieder und rannten davon."

„Einfach so ohne Grund?" Mark schüttelte verwundert den Kopf. „Ist Ihnen sonst nichts aufgefallen? Haben sie vorher mit den Beiden gesprochen? Haben sie vielleicht das Geld der Beiden gestohlen oder sonst noch etwas gesagt?"

„Gesagt haben sie nichts, aber da fällt mir ein, sie haben ein kleines Päckchen mitgenommen. Es war weiß und verschnürt."

Mark stöhnte auf, so dass Cheriell ihn besorgt von der Seite ansah. Sie konnte natürlich nicht wissen, dass er in diesem Moment erkannt hatte, welcher Natur der Überfall gewesen sein könnte.

Drogen! Das hatte noch gefehlt. Mark hatte sich extra an diesen Ort versetzen lassen, um sich nicht mehr um Drogenfahndung kümmern zu müssen.

Doch das Drogenverbrechen schien ihn zu verfolgen. Es widerte ihn an. Zu frisch waren noch die schmerzlichen Erinnerungen an seinen letzten Fall, bei dem seine Freundin May umgekommen war. Eine Kollegin, die er geliebt hatte und die ihm in jeder Situation zur Seite gestanden hatte. Sie wurde kaltblütig umgebracht, als sie versuchte, Mark aus der Klemme zu helfen. Die Erinnerung daran schnürte ihm die Kehle zu. Mark nahm wie in Trance seinen Notizblock zur Hand und notierte die Fakten.

Cheriell beobachtete ihn unsicher.

Etwas war in der letzten Minute mit ihm geschehen. Sein eben noch lockerer freundlicher Gesichtsausdruck war plötzlich wie versteinert. Sekundenlang starrte er ins Leere. Dann atmete er tief durch.

„Beschreiben Sie mir die Männer so genau Sie können", forderte er sie auf. „Äh, Moment mal, wie heißen Sie überhaupt?" Ihm war gerade bewusst geworden, dass er sie noch gar nicht nach ihrem Namen gefragt hatte.

„Mein Name ist Cheriell", antwortete sie. Sie sprach ihren Namen mit einem eigenartigen Kehlkopfakzent aus.

‚Hört sich interessant an', dachte Mark. ‚Ihre Stimme hat sowieso einen fremdartigen Klang.'

„Und weiter?", stellte er die nächste Frage.

„Was weiter?" Ein irritierter Blick traf ihn.

„Na, wie lautet ihr Nachname?"

Sie sah ihn noch erstaunter an.

„Ich heiße nur Cheriell", erwiderte sie schließlich. „Was ist denn ein Nachname?"

Nun war es an Mark, sich zu wundern.

„Jeder Mensch hat doch einen Nachnamen", erstaunt über ihre Reaktion schüttelte er den Kopf.

„Ich nicht!", war die abrupte Antwort.

Mark stieß ungeduldig die Luft zwischen den Zähnen aus und seufzte.

„Na gut!" Er gab vorerst auf. „Etwas Anderes. Wo wohnen Sie?"

„Ich ...", langsam wurde die Fragerei lästig, ja sogar gefährlich. Sie suchte nach einem Ausweg aus dieser Misere. Sie konnte ihm unmöglich die ganze Wahrheit sagen und ihre Identität preisgeben. Er würde es nicht verstehen, beziehungsweise glauben, denn eines hatte sie auf der Erde bereits gelernt. Die Menschheit von Terra hatte bisher noch keinen Kontakt mit außerirdischen Lebensformen gehabt und dass sie sogar die Sprache dieses Volkes verstand und sprach lag natürlich an ihren Studien mit dem Übersetzungsgerät im Shuttle während des Hinfluges und des natürlichen Talents der Vogelmenschen, sich neuen Situationen schnell anzupassen.

Ein Grund für ihr über Jahrhunderte langes Überleben. Aber das würde er erst recht nicht begreifen. Daher kam ihr die Antwort nun sehr zögerlich über die Lippen.

„Na ja, ich lebe ein ganzes Stück weiter weg den Strand entlang an einem anderen Ort. Ziemlich weit zu laufen." Sie deutete vage in eine Richtung.

‚Mein Gott, ist es schwierig, handfeste Informationen aus ihr heraus zu bekommen', Mark wurde langsam ungeduldig.

‚Ein fünfjähriges Kind könnte mir konkretere Auskünfte geben als diese Frau.'

„Eigentlich meinte ich Ihre Adresse. Wie heißt der Ort?", versuchte er es noch einmal.

„Adresse? Was ist das denn jetzt wieder? Ich lebe dort hinten in der Nähe des Strandes." Sie zeigte ein zweites Mal in die gleiche Richtung.

Mark seufzte. Sie tat ihm leid. Ganz offensichtlich hatte er es mit einer geistig Zurückgebliebenen zu tun oder sogar mit einer Landstreicherin? Wie schade um solch ein bezauberndes Mädchen.

Cheriell spürte seinen skeptischen Blick. Sie überlegte, wie sie ihn loswerden konnte. Die Fragen, die er stellte, waren unangenehm für sie. Um nichts in der Welt durfte er erfahren, wer sie war und woher sie kam.

Aus einer inneren Eingebung heraus fragte er sie, ob sie etwas trinken wollte.

Cheriell hatte schon seit geraumer Zeit heftigen Durst verspürt. Obwohl ihr Verstand Alarm schlug, konnte sie der Verlockung nicht widerstehen und nahm die Einladung an.

‚Vielleicht wird sie bei einem Drink zutraulicher‘, überlegte Mark. Es könnte ja sein, dass sie noch mehr wusste. Und eventuell sagte sie ihm ja doch noch ihren vollen Namen. So führte er sie in ein gemütliches italienisches Restaurant in einer Seitengasse, setzte sich mit ihr in den mit Weinranken geschmückten Außenbereich an einen weißen Holztisch und bestellte Pizza und Chianti.

Als alles gebracht worden war, prostete ihr zu.

„Ich bin übrigens Captain Mark Terry von der hiesigen Kommission für Gewaltverbrechen. Wenn Sie möchten, nennen Sie mich Mark!"

„Gerne Mark", war die lächelnde Antwort.

Cheriell nippte vorsichtig an ihrem Glas. Der leicht säuerliche Beerengeschmack erfrischte ihre ausgetrocknete Kehle.

‚Oh, wie angenehm‘, dachte sie überrascht. Sie konnte sich nicht beherrschen und leerte mit einem Schwung den gesamten Inhalt des Glases.

Mark verschluckte sich fast an seinem Wein, als er das sah und starrte sie entgeistert an.

„Durstig, was?", grinste er sie unsicher an, nachdem er sich wieder gefasst hatte.

„Möchten Sie noch ein Glas?", fragte er sie. Cheriell hatte sich gerade ein großes Stück Pizza in den Mund geschoben. Nun schluckte sie schwer. Die Gewürze brannten im Hals. So etwas hatte sie noch nie gegessen.

Sie konnte nur nicken, während sie kaute. Mark bestellte gleich eine ganze Flasche Wein und vorsichtshalber noch eine Flasche Wasser.

‚Wer weiß, wie viel sie ab kann', dachte er, ‚wenn sie den Wein so schnell hinunterstürzt.'

„Schmeckt sehr gut." Erstaunlicherweise aß sie mit den Fingern und zierte sich auch nicht, diese hingebungsvoll abzulutschen. Ihre grünen Augen blitzten ihn schelmisch an. Der Wein tat schon seine Wirkung.

„Sie sollten den Chianti nicht ganz so schnell trinken", versuchte er sie darauf hinzuweisen, während er sich verlegen umsah, zum Glück aber feststellte, dass sie noch fast alleine im Restaurant waren. „Sonst sind Sie gleich betrunken, Cheriell." Sie lachte.

„Chianti hört sich gut an! Was meinen Sie damit, Mark?" Ihr Lachen traf ihn mitten ins Herz. Er war ihr hoffnungslos erlegen. Mark vergaß seine Pizza und den Wein. Auch die leise Geigenmusik im Hintergrund und das Rauschen des Ozeans verschwanden aus seinen Gedanken. Er sah sie nur an, wie sie so mit ihrer Pizza kämpfte und konnte sich nicht satt sehen an ihren Augen und dem schimmernden Haar, das wild um ihren Kopf lag.

‚Sie hat sich noch kein Mal gekämmt seit wir zusammen sind‘, fegte ein Gedanke eigenartigerweise durch seinen Kopf. Von anderen Frauen war er es gewohnt, dass sie an jeder Ecke einen Kamm aus ihrer Handtasche zogen, um die Frisur in Form zu bringen. Oder es befand sich so viel Haarspray darauf, dass es wie eine Haube um den Kopf lag und sich hart anfühlte. Aber dieses Mädchen strahlte die totale Natürlichkeit aus. Unglaublich, dass allein der Anblick dieser feenartigen Erscheinung ihn zu solchen Gedanken hinriss. Ohne sich kontrollieren zu können, hob er plötzlich eine Hand und strich ihr über das seidige Haar.

‚Wie wunderbar‘, dachte er.

Cheriell zuckte erschrocken zusammen und hielt in der Bewegung inne. Ihre Blicke trafen sich. Mark zog schnell seine Hand zurück.

„Entschuldigung“, murmelte er verlegen den Blick senkend.

Als er wieder hoch sah, blickte sie ihn immer noch an, aber lächelte.

„Schmeckt Ihnen das Essen nicht, Mark? Sie haben es noch gar nicht angerührt.“

Mark riss sich zusammen.

„Oh, doch, natürlich schmeckt es mir. Ich ...“

Er zwang sich zur Disziplin und versuchte nun ebenfalls das schmackhafte Gericht.

‚Sie hat schon das dritte Glas Wein getrunken', überlegte er. ‚So kurz hintereinander. Ich muss sie stoppen, sonst kippt sie hier noch um.'

Er stellte die Weinflasche unbemerkt von Cheriells Aufmerksamkeit auf den Boden und goss dafür Wasser in ihre Gläser. Dann begann er nun erneut das Gespräch.

„Wo sind Sie denn nun eigentlich geboren, Cheriell?", fuhr er sanft mit seiner Befragung fort.

Sie lächelte ihn äußerst fröhlich an und lallte etwas Unverständliches. Es klang wie Chartoriak oder so ähnlich. Von einem Ort dieses Namens hatte Mark noch nie gehört. ‚Vermutlich irgendein Provinznest', ging es ihm durch den Kopf.

„Und wo liegt das?", fragte er. Ihre Augen blitzten ihn an. Sie hob die Arme und zeichnete mit ihnen einen Kreis. Gleichzeitig schloss sie die Augen bis zu einem schmalen Schlitz.

„Irgendwo … mhm … im Universum!", versuchte sie mit schwerer Zunge zu erklären.

„Ah ja …!" Mark schüttelte den Kopf. ‚Verdammt, ich hätte sie daran hindern sollen, soviel Wein zu trinken.'

Sie griff nach seiner Hand und sah ihn mit glasigen Augen an.

„Was ist das für ein Getränk? Ich fühle mich ganz benommen."

„Das ist italienischer Rotwein", erklärte er.

„Oh ..., ich habe es für Saft aus Trauben gehalten", lallte sie mit blitzenden Augen, während sie über das ganze Gesicht strahlte. „So kann man sich täuschen."

Mark fuhr sich mit einer Hand über die Stirn und konnte gerade noch ein Stöhnen unterdrücken. Entweder sie nahm ihn auf den Arm oder sie stammte aus einem Kloster. Die kleine Hand lag noch immer in seiner. Er tätschelte sie. Dann startete er erneut einen Versuch, etwas aus ihr herauszubekommen.

„Beschreiben Sie mir bitte die Männer, die das Paar überfielen. Falls Sie dazu noch in der Lage sind."

Sie sah ihn ernst an. Aber im nächsten Moment prustete sie schon los und konnte sich nicht beruhigen zu lachen. Hilflos sah Mark sie an. Sie hatte zu viel getrunken, das war ihm klar. Was sollte er jetzt mit ihr machen? Er wusste nicht, wo sie Zuhause war. Konnte sie also nicht dorthin bringen.

„Warum lachen Sie denn nun schon wieder? Ich finde die Sache nicht eine Spur witzig", inzwischen wurde er etwas ungehalten.

Sie versuchte sich zu beruhigen. Aber ein Glucksen stahl sich aus ihrer Kehle.

„Ich, oh, bitte entschuldigen Sie", brachte Cheriell mühsam hervor. Was war nur mit ihr los? Alles drehte sich um sie. Trotz des überaus traurigen Anlasses musste sie ununterbrochen kichern. Sie kannte sich kaum wieder.

Mühsam versuchte sie, die Männer zu beschreiben. Mark notierte sich jedes Wort, um später das Wesentliche heraus zu sortieren.

„Ich bin so müde", murmelte sie plötzlich, schloss die Augen und legte den Kopf auf den Tisch.

„Um Himmelswillen", Marks Stimme klang lauter als beabsichtigt, so dass sich einige Leute an den Nachbartischen nach ihnen umdrehten, denn inzwischen hatte sich das Lokal gefüllt. „Sie können hier doch nicht schlafen! Cheriell, bitte machen Sie die Augen auf. Ich bringe Sie nach Hause."

Der Inhaber des Restaurants, den Mark gut kannte, kam an den Tisch. Er war ein untersetzter Italiener, der vor Jahren in Kalifornien Fuß gefasst hatte. Sein Laden hatte einen sehr guten Ruf. Viele Prominente suchten ihn auf, um sich bei Wein, Musik und gutem Essen zu entspannen. Auch Mark kam regelmäßig hierher und war nach kurzer Zeit mit dem Inhaber auf du und du gewesen. Dario war eine Seele von Mensch.

„Hast du Probleme, Captain Terry?", fragte er gutmütig. „Ist dir wohl eingeschlafen, der kleine Engel, was?"

„Ich wusste nicht, dass sie nichts ab kann, Dario. Kannst du mir helfen, sie ohne Aufsehen zum Auto zu bringen?" Dario grinste.

„Ich hab etwas, was sie kurzfristig wieder zum Leben erweckt. Warte!"

Er ging in die Küche und kam mit einer kleinen Flasche zurück. Er öffnete sie und hielt sie Cheriell unter die Nase. Mit einem Ruck schoss sie hoch und schüttelte sich. Entsetzt sah sie Dario an.

„Na, wieder klarer?", lachte dieser. „Schnapp sie dir, Mark und dann ab ins Auto, bevor die Wirkung nachlässt. Bezahlen kannst du ein anderes Mal."

Mark fasste Cheriell unter den Arm und bugsierte sie nach draußen. Sein Auto stand zwei Straßen weiter und es war ein schweres Stück Arbeit sein kleines Bündel dorthin zu schaffen, obwohl sie eigentlich ein Fliegengewicht war. Zu allem Überfluss bekam sie noch einen Schluckauf und wollte sich darüber totlachen.

Endlich hatte er sie im Wagen.

Er ließ sich erschöpft auf den Fahrersitz fallen. Sie hatte sich schon wie ein Kätzchen zusammengerollt und die Augen geschlossen. Im Schlaf rieb sie ihre Nase am Beifahrersitz und gab ein dunkles kehliges Geräusch von sich, das ihn irgendwie rührte.

‚Es bleibt mir nichts anderes übrig als sie mit zu mir zu nehmen', beschloss er seufzend. ‚Da kann sie sich ausschlafen.'

Die Nacht war inzwischen fortgeschritten und er merkte die Anstrengungen des Tages in den Knochen. Morgen war auch noch ein Tag.

So startete er seinen dunkelblauen Ferrari, den einzigen Luxus, den er sich bei seinem mittleren Gehalt leistete, und schlug die Strecke Richtung Topanga ein.

Am Pacific Coast Highway in Inceville bewohnte er ein kleines Apartment am Hang mit einer wunderschönen Aussicht auf den Ozean. Das gesamte Haus gehörte einem reichen Mexikaner mit Namen Don Pablo, der hier sein Geld angelegt hatte.

Mark gefiel es. Die ruhigere Art zu leben ließ ihn zeitweise die Vergangenheit beim Drogendezernat vergessen. Die Nachbarn waren freundlich zu ihm. Jeder kannte Jeden in einem Umkreis von zwei Kilometern. Einige der Leute stammten von mexikanischen Einwohnern ab und feierten für ihr Leben gern. Oft wurde er dazu eingeladen.

Als er in die Einfahrt zu den Apartments in der Posetano Road einbog, verließ soeben sein Nachbar Joel Damar seinen silbernen Mercedes. Mark parkte direkt hinter ihm und stieg aus.

„Hey, Mark", begrüßte ihn der Ire. „Wo kommst du denn mitten in der Nacht her? Halb Drei ist doch sonst nicht deine Zeit."

Joel arbeitete derzeit als Schauspieler und Regisseur an einem Filmprojekt für die Universal Studios an einem außerhalb liegenden Set. Er hatte es sich nicht nehmen lassen, bei diesem Film die Regie zu über-nehmen, obwohl er selbst mitspielte. Nun kam er ziemlich erschöpft und zerschlagen von einer Rollenbesprechung in diese beschauliche Idylle zurück, um sich einige Tage auf die kommenden stressreichen Dreharbeiten vorzubereiten.

Er war fast so groß wie Mark, maß mehr als einen Meter neunzig, hielt seinen Körper durch Jogging und Gewichte stemmen fit. Mark mochte diesen dunkelhaarigen Mann mit seinem trockenen irischen Humor. Sie hatten schon manche Abende bei irischem Whisky zusammengesessen und sich wunderbar unterhalten.

Mark begrüßte ihn ebenfalls. „Hallo Joel! Hast du von dem Mord auf der Strandpromenade bei Santa Monica gehört?", fragte er ihn.

Joel nickte.

„Ja, das habe ich. Es hat sich schnell herumgesprochen. Eine schlimme Sache. Ich kenne einen der beiden Opfer. Es ist der achtzehnjährige Sohn von Bark Slade, einem Freund von mir. Er heißt Trevers. Seine Freundin hieß Linda McCoy. Weißt du schon, wie es passiert ist?"

„Ich arbeite an dem Fall. Ich habe hier die wohl einzige Zeugin im Auto." Mark zeigte auf die schlafende Cheriell.

„Wieso ist sie bei dir? Du schleppst doch sonst keine Zeugen mit dir herum", wollte Joel grinsend wissen.

„Das glaubst du mir nicht, wenn ich es dir erzähle. Ich bin völlig geschafft heute. Kannst du mir eventuell die Tür aufschließen? Ich bringe sie im Gästezimmer unter und werde sie morgen weiter verhören."

Joel grinste ihn an.

„Na klar!", erwiderte er. „Hol sie raus. Ich gehe vor."

Mark gab ihm den Wohnungsschlüssel und hob Cheriell vorsichtig aus dem Wagen. Joel betrachtete das Wesen auf Marks Arm im Licht der Laterne.

,Was für feingliedrige Arme und Beine sie hat', dachte er. ,Wie aus Glas. Und diese hellen Haare. Sie sieht aus wie eine Elfe.'

Sie brachten Cheriell in die Wohnung, wo Mark sie auf das Bett im Gästezimmer legte. Behutsam breitete er eine dunkelblaue Baumwolldecke über ihren Körper aus.

Er öffnete weit das Fenster, denn die Luft war abgestanden in diesem Raum. Er benutzte ihn selten. Man konnte das Meeresrauschen der Brandung hören. Mark liebte diesen Klang. Sofort fühlte er sich entspannter als in den letzten sechszehn Stunden.

Als sie die Tür hinter sich geschlossen hatten, fragte Joel ihn: „Sag mal, wo sind denn ihre Schuhe? Sie ist ja barfuß."

„Tja, ich weiß auch nicht. Ich hab sie so getroffen. Sie hat Trevers Slade das Leben gerettet, in dem sie eine Ader an der Schläfe zugedrückt hat."

Er schenkte Joel einen Whisky ein und erzählte ihm die ganze Geschichte. Auch die Vorkommnisse im Restaurant verschwieg er nicht.

Nachdem er geendet hatte, saßen sich die Freunde schweigend gegenüber. Joel war sehr nachdenklich geworden. Vielleicht war sie wirklich nicht bei klarem Verstand, die Kleine. Dann würde es Mark mit seinen Beweisen recht schwer haben.

„Pass bloß auf, dass sie kein Alkohol mehr trinkt", meinte er nach einer Weile. „Ich denke, dann wirst du am ehesten herausbekommen, was mit ihr los ist und wie viel du ihr glauben kannst."

Mark nickte zustimmend.

„Ich werde aufpassen. Irgendwann wird sie mir sagen müssen, woher sie kommt. Nun bin ich erst mal todmüde. Danke für deine Hilfe, Joel."

„Keine Ursache, Mark. Ich bin die nächsten Tage hier, falls du Unterstützung brauchst." Seine Augen blitzten schelmisch. Mark wusste genau, was er meinte und hielt ihm spaßeshalber die Faust unter die Nase.

„Ich warne dich", grinste er, „komm ihr nicht zu nahe. Ich hab sie zuerst gefunden."

Joels Lachen tönte noch durch die geschlossene Tür.

Mark ließ sich auf sein weinrotes Sofa fallen und sah zu der Tür des Gästezimmers, welches direkt vom Wohnzimmer abging. Er würde es merken, wenn sie sich davon machte, während er hier schlief. Also rückte er sich die Kissen zurecht und fiel bald in einen traumlosen Schlummer.

*

Der Ire wälzte sich in seinem Bett hin und her. Er konnte, obwohl er müde war, nicht einschlafen. Die Kleine bei Mark ging ihm nicht aus dem Kopf. Wäre sie Schauspielerin, hätte er sie sofort engagiert. Schon lange suchte er für den Film, den sie zurzeit drehen wollten, diese Art Frauentyp.

Der Film sollte eine Fantasy-Geschichte werden. Das Drehbuch stand. Den Inhalt hierfür hatten sie aus einem bekannten Roman verwendet, dessen exklusive Benutzerrechte die Filmgesellschaft viele Dollars gekostet hatte. Joel fand, dass die Story ihr Geld wert war. Er tat sich allerdings schwer bei der Besetzung der Rollen. Die männlichen Hauptrollen waren nun endlich belegt. Es fehlte jedoch immer noch eine akzeptable Besetzung der weiblichen Hauptrolle. Joel hatte da seine bestimmten Vorstellungen.

Heute waren vier Schauspielerinnen bei ihm gewesen, um die Rolle zu bekommen. Keine hatte seinen Ansprüchen genügt.

Zum Schluss hatte Aroon, sein Co-Produzent ihn gefragt, ob er überhaupt wisse, was er wolle. Natürlich wusste Joel, was er wollte. Er brauchte eine Frau mit Ausstrahlung des Übernatürlichen. Und das hatte er soeben bei der Schlafenden gespürt.

‚Wenn sie schon im Schlaf eine solche Ausstrahlung hat', überlegte er. ‚Wie wird es dann erst sein, sobald sie wach ist.'

Joels Blick fiel auf die Leuchtziffern seines Weckers. Schon halb Fünf. Bald würde er wieder aufstehen müssen und er hatte noch keine Sekunde geschlafen.

Er erhob sich seufzend und öffnete das Fenster zum Meer. Die ersten Morgenstrahlen fielen auf die glitzernde Oberfläche seichter Wellen. Es würde ein schöner Tag werden. Joel fuhr sich mit der Hand durch das dunkle gewellte Haar. Stand er vor der Kamera, fiel es ihm bis über die Schulterblätter auf den Rücken. Das gehörte zu seiner Rolle, denn er spielte den Befreier versklavter Völker im Mittelalter, der reihenweise Amazonenherzen brach. Keine schlechte Rolle. Er grinste. Sie lag ihm, obwohl er sich im Privatleben in dieser Hinsicht sehr zurückhielt. Vielleicht würde er nach Beendigung der Dreharbeiten nach Hause fahren und seine Eltern in Irland besuchen. Und eventuell lief ihm dort das richtige Mädchen über den Weg. Die amerikanischen Girls hatten ihn bisher nicht beeindrucken können, da es hauptsächlich

Starlets oder Models waren, denen er begegnet war.

Er schüttelte den Kopf. Keine Spur von Natürlichkeit war ihnen abzugewinnen. Jede etwas anstrengende Szene wollten sie gedoubelt haben. Keine Kondition, keine Persönlichkeit, nichts war vorhanden. Die wenigen Frauen, die Joel für die Rolle seines Filmes für geeignet hielt, waren anderweitig eingespannt.

Ein Rauschen erfüllte die Luft. Plötzlich flog dicht an seinem geöffneten Fenster ein großer weißer Adler vorbei.

Joel zuckte unwillkürlich zusammen. So etwas hatte er bisher noch nie gesehen. Er musste sich verflogen haben.

‚Weiß?‘, überlegte er. ‚Gibt es überhaupt weiße Adler? Vielleicht doch ein Schwan oder sowas.‘

Der Ire sah Ihm lange nach, wie er in der Ferne verschwand. Was für ein Anblick. Er legte sich wieder nieder, als er ihn nicht mehr sah und nun endlich überfiel ihn der ersehnte Schlaf.

Die Sonnenstrahlen hatten Cheriell geweckt. Sie wühlte sich aus der Decke und putzte ihr Gefieder. Wo war sie? In ihrem Kopf hämmerte es ganz fürchterlich. Der Raum, in dem sie sich befand, verschwamm vor ihren Augen. Was war nur geschehen? So langsam erinnerte sie sich an die vergangene Nacht.

Panik stieg in ihr hoch. Dieser Mensch. Mark! Wo war er? Er hatte sie ganz gewiss hierher gebracht. Sie durfte ihm nicht in ihrer jetzigen Gestalt begegnen. Nur weg von hier!
 Als sie sich im Raum umsah, entdeckte sie das geöffnete Fenster. Sie hüpfte auf das Fenstersims, breitete ihre Flügel aus und hob in den lauen Morgenhimmel ab.

‚Auf Wiedersehen, du netter Mensch‘, dachte sie wehmütig. ‚Danke für die schönen Stunden!‘
 Auf ihrem Flug spähte sie in die Ferne. In diesem Bereich der Küste war sie noch nie gewesen. Wo hatte Mark sie mit seinem Gefährt hingebracht? Sie versuchte, sich zu orientieren. Die scharfen Augen erblickten weit in der Ferne einige Inseln, die sich im Morgennebel abzeichneten. Aber keine sah denen ähnlich, die sie schon erkundet hatte. Unter ihr suchte sich ein Schiff seinen Weg durch peitschende Wellen. Die Matrosen sahen staunend zu dem weißen Adler empor, der über ihnen seine Kreise zog. Ihre innere Stimme warnte Cheriell: Nur weg von hier!
 Sie flog erst einmal höher in den Himmel hinauf und dann näher an eine auffällige Landspitze heran. Häuser und Menschen gab es dort nicht direkt, also landete sie auf einem erhöhten Felsen. Vor ihr lag der leere Strand mit seiner körnigen Substanz. Von hier aus konnte sie zu dem Ort schauen, von dem sie geflüchtet war. Da lagen die

weißgetünchten Häuser schlafend in der Morgensonne, kaum wahrnehmbar, aus einem von ihnen war sie entkommen.

Cheriell schüttelte sich vor Unbehagen. Um ein Haar hätte man sie gefangen.

Obwohl ..., dieser Mark war sehr freundlich zu ihr gewesen. Aber aus vielen seiner Fragen wurde sie nicht schlau. Sie erhob sich wiederum in die Lüfte und überflog eine schroffe Welt Richtung Inland. Sie entdeckte mehrere Arten Seevögel auf den Klippen. Es gab einige niedrige Bäume sowie trocknes verstreutes Gebüsch.

‚Schade‘, sagte sich Cheriell, ‚es würde nicht für unser Volk reichen. Um am Leben zu bleiben, benötigen wir ein üppigeres Gebiet mit Fischgründen oder so. Und hohe Bäume, um Schutz zu suchen gibt es hier auch nur wenige. Meine Artgenossen und auch die kleineren Vögel müssten zur Nahrungssuche viel zu weit fliegen.‘

Wie gefährlich das war, hatte sie letzte Nacht erlebt. Der Schreck, den sie empfunden hatte, als sie unter der weichen Hülle aufwachte und fast keine Luft mehr bekam, steckte ihr immer noch in den Knochen. Nein, das konnte sie ihren Freunden nicht zumuten.

Wenn nur bald jemand von Chartoriak mit ihr Verbindung aufnehmen würde.

Sie konnten sich durch Telepathie erreichen. Nur die Reichweite war auf das gleiche Sonnensystem begrenzt. Ihre Leute schienen also nicht nahe zu sein. In ihrem Kopf herrschte absolute Funkstille.

Cheriell beschloss erneut am Festland entlang zu fliegen, um nach einem versteckten Tal zu suchen, das einladender war als diese karge Gegend. Da sie in der Nacht einige Stunden geschlafen hatte, war sie nun kräftig genug, um sich auf einen längeren Flug zu begeben. So schlug sie also weiterhin den Weg zum inneren Festland ein und schraubte sich immer höher über das grünbraune Land bis sie kaum noch mit bloßem Auge zu erkennen war.

*

Das Telefon riss Bark Slade aus dem unruhigen Schlaf. Er sah auf die Uhr. Halb sechs!
Wer störte ihn bloß zu so früher Stunde? Er war geneigt, nicht abzunehmen.
Hatte er überhaupt geschlafen?
Bis tief in die Nacht war er damit beschäftigt gewesen, die Noten für seinen neuen Song aufzuschreiben und ihn zu Ende zu komponieren. Es war ihm eine Melodie eingefallen, die er mitten in der Nacht zu Papier bringen musste, sonst wäre sie vergessen gewesen. Erst gegen halb vier hatte er sich schlafen gelegt.
Sein Bett war kalt und einsam. Lydia, seine Frau, war vor drei Monaten mit Sack und

Pack ausgezogen. Ein jüngerer Liebhaber wartete auf sie. Fast zwanzig Jahre Ehe zersplitterten innerhalb von drei Tagen.

Zurück blieb eine Einsamkeit und Leere, die nicht zu beschreiben war. Zwei Monate lang hatte Bark sich jeden Abend voll laufen lassen, um die Enttäuschung zu vergessen.

Deshalb hatte er den Rest dieser Nacht auf der Couch verbracht, um wenigstens einmal dem Alkohol zu trotzen. Er wollte den Triumph über das verhängnisvolle Gesöff nicht durch eine erneute Depression gefährden, die sich unweigerlich eingestellt hätte, wenn er im Ehebett schlief. Denn nach Monaten im Delirium war es ihm heute Nacht gelungen, endlich wieder eine Melodie zu komponieren. Das machte ihn glücklich.

Und nun dieses schrille Geräusch. Völlig entnervt nahm er den Hörer ab.

„Ja?", brummte er unausgeschlafen in die Sprechmuschel.

„Mr. Bark Slade? Sind Sie das?", ertönte eine weibliche Stimme.

„Ja, was ist denn?" Seine Frage klang etwas unwirsch. Er wischte mit zwei Fingern verärgert eine Haarsträhne aus seinen Augen.

„Mr. Slade, hier ist das Ucla Medical Center Los Angeles, Schwester Margaret. Wir haben in der vergangenen Nacht Ihren Sohn Trevers bei uns aufgenommen. Bis wir herausbekamen, wer er ist, hat es leider etwas gedauert. Deshalb rufe ich jetzt erst an.

Können Sie bitte umgehend zu uns kommen?"

Barks Magen verkrampfte sich. Ihm wurde übel. Ein Klumpen verschloss seinen Hals.

„Mr. Slade?", fragte die Schwester. „Sind Sie noch dran?"

„Ja", brachte Bark mit rauer Stimme heraus, „was ist überhaupt passiert?"

„Ein Überfall! Die Freundin Ihres Sohnes hat leider nicht überlebt. Ihr Sohn liegt auf der Intensivstation, aber er ist jetzt außer Lebensgefahr. Der Arzt wird Ihnen Näheres mitteilen und wir hätten noch mehrere Formulare zum Ausfüllen."

„Ich mache mich sofort auf den Weg, Schwester!" Bereits während er das sagte, war er hektisch aufgesprungen.

„Chirurgie, 3.Stock, Mr. Slade", erklärte die Schwester am anderen Ende noch, bevor sie den Hörer auflegte.

Bark sprang in seine Schuhe. Die abgewetzte Jeans trug er noch von gestern. Schnell holte er ein frisches Hemd aus dem Schrank, stellte sich vor den Spiegel und kämmte sich seine Haare über. Vorher entfernte er das Haargummi, mit dem er seine rotbraune Löwenmähne, die bis zu den Schultern reichte, gewöhnlich bändigte. Während er inständig versuchte, mit Mundwasser gegen den schalen Geschmack in seinem Mund zu kämpfen, arbeitete sein Gehirn auf Hochtouren.

‚Was ist mit nur Trevers geschehen?'

Diese Linda McCoy hatte Bark nie richtig gemocht. Ihr oftmals abwesender Blick ließ Bark vermuten, dass sie Drogen nahm. Wenigstens zeitweise, wie er dachte. Bark war nicht dahinter gekommen, ob Trevers ebenfalls etwas probiert hatte.

Seit dem Bruch mit seiner Mutter war er verschlossen und unnahbar gewesen.

‚Gut, er ist achtzehn. Er will zeigen, dass er sein Leben auch allein meistern kann.' Damit hatte sich Bark immer beruhigt. Durch sein eigenes Leid hatte er sich nicht richtig um Trevers gekümmert, falls dieser mal zu Hause war. Sie unterhielten sich nicht mehr so kameradschaftlich wie früher. Bark bereute, nicht auf ihn eingegangen zu sein. Er machte sich große Vorwürfe.

Er beeilte sich durch den engen Verkehr in Los Angeles zu kommen. Um diese Zeit war zwar noch nicht so viel los wie zur Stoßzeit, aber die Straßen waren voller als er dachte.

Kühler Dunst lag über der Stadt. Dies würde sich im Laufe des Tages aber noch ändern, denn es waren wieder hohe Temperaturen angekündigt worden. Besorgt um seinen Sohn hastete er über den Vorplatz des Krankenhauses. Nahm nicht einmal wahr wie hübsch die Voranlage gestaltet war.

Im Krankenhaus jagte er blind durch die Gänge, vorbei an Schwestern und Pflegern bis er schließlich den diensthabenden Oberarzt erwischte, der sich gerade mit einer Ärztin auf dem Flur besprach.

Geduldig informierte ihn dieser über die Einzelheiten der Verletzungen seines Sohnes. Leider konnte er ihm nichts über den Überfall sagen, was nicht schon die Schwester erzählt hatte.

„Wenden Sie sich bitte an den diensthabenden Officer bei der Polizei, der den Fall untersucht, Mr. Slade", riet ihm der Arzt. „Und könnten Sie bitte die Tote identifizieren? Wir haben noch keine Angehörigen ausfindig gemacht."

‚Auch das noch', dachte Bark, stimmte aber schweren Herzens zu und folgte dem Arzt in den Kühlraum. Überall roch es hier nach Desinfektionsmitteln.

Bark wurde fast übel von dem Geruch, als sie durch die kahlen neonbeleuchteten Gänge zu einer silbernen Stahltür liefen. Der Arzt zog eine der riesigen Schubladen auf und eine Bahre kam zu Vorschein. Es war Linda. Ihr hübsches Gesicht war vom getrockneten Blut verschmiert. Bark warf nur einen kurzen Blick darauf und nickte. Dann wandte er sich ab. Er musste schlucken, um sich nicht auf der Stelle zu übergeben. Wer hatte sie nur so brutal zugerichtet?

‚Das hätte auch Trevers sein können', ging es ihm durch den Kopf. Er dankte Gott, dass sein Sohn noch lebte.

Trevers schlief, von den Schmerzmitteln betäubt, in Zimmer Nummer 11 auf der Intensivstation. Vor diesem Raum döste gelangweilt ein Wachposten der Polizei. Der Kopf von Trevers war mit einem dicken weißen Verband umwickelt, der ihm fast bis über die Augen reichte.

Bark betrachtete ihn tief betroffen durch die Sichtscheibe. Am liebsten wäre er in Tränen ausgebrochen, aber dann beschloss er zum Polizeirevier zu fahren, um mit diesem Captain zu sprechen.

Mark

Es war schon halb neun, als Mark hart von seinem Sofa plumpste. Die Sonne hatte ihn geweckt, in dem sie ihm unbarmherzig ins Gesicht schien.

„Verdammt", murmelte er verschlafen. Er lag samt seinem Kissen zwischen Tisch und Sofafüßen und musste erst mal mühsam alles zur Seite schieben, um aufstehen zu können.

Verschlafen gähnte er und rieb sich die Augen. Sein Kreuz tat weh. Sein rechter Arm war eingeschlafen, so dass er ihn schutteln musste, was erst einmal ein noch unangenehmeres Gefühl verursachte.

‚Am besten, ich dusche gleich', beschloss er noch immer schlaftrunken. ‚Und Kaffee, ich muss unbedingt einen Kaffee trinken.'

Der Gedanke an den Duft einer frisch aufgebrühten Tasse schwarzen Kaffees brachte sein Gehirn auf Trapp. Bevor er aber in die Küche ging, drückte er ganz leise die Türklinke zum Gästezimmer herunter, um nachzusehen, ob Cheriell noch schlief. Durch den Spalt konnte er sie nicht sehen. Daher öffnete er die Tür weiter und rief leise ihren Namen. Keine Reaktion!

Das Morgenlicht schien auf ein leeres Bett. Er sah sich suchend im Raum um. Das Fenster stand immer noch offen. Die Bettdecke lag auf dem Fußboden.

‚Das gibt es doch nicht. Sie ist weg! Ohne sich zu verabschieden!‘, und ohne dass er etwas gehört hatte, fuhr es ihm durch den Kopf. Seine süße Zeugin war verschwunden.

Nur mit Verzögerung begriff er, was das zu bedeuten hatte. Die Kleine befand sich in höchster Gefahr. Wenn sie diesen Verbrechern in die Hände fiel, wer wusste schon, was die dann mit ihr machen würden.

Cheriell, mit ihrem Vertrauen und der Unschuld eines Kindes, wusste gar nicht wie gefährlich diese Männer waren.

Das Adrenalin, welches bei diesen Gedanken durch seinen Körper schoss, verschaffte ihm schlagartig einen klaren Kopf.

Die Angst um die zarte Frau schnürte ihm wie ein unsichtbarer Schraubstock die Kehle zu. Voll Panik lief er aus der Wohnung nach nebenan und klingelte bei Joel.

Der öffnete In Boxershorts und ebenso verschlafen wie Mark es eben noch gewesen war.

„Joel, sie ist weg! Wir müssen etwas unternehmen.“

Marks Stimme überschlug sich fast.

„Was? Wie? Moment, Moment, immer mit der Ruhe. Wer ist weg?“ Joel war noch gar nicht richtig wach, um die Worte einordnen zu können, die Mark ausgestoßen hatte. Er fuhr sich irritiert durch das zerwühlte Haar.

„Cheriell ist verschwunden! Verstehst du? Sie schwebt in Lebensgefahr. Ich muss sie unbedingt finden", versuchte ihm Mark zu erklären.

Joel schüttelte benommen den Kopf, während ihm klar wurde, was sein Freund eben gesagt hatte.

„Oh Mann! Hast du nicht aufgepasst? Wie kann sie, ohne dass du es merkst, aus deiner Wohnung gehen? Deine Tür knarrt doch wie sonst was. Ich war noch lange wach, aber habe sie nicht gehört."

Joel war die ganze Sache ein Rätsel. Er hätte sie doch hören müssen. Die Tür knarrte so laut, dass es ihn schon oft aus dem tiefsten Schlaf gerissen hatte. Sie musste später weggegangen sein. Aber dann hatte gewiss einer der Nachbarn sie gesehen.

„Beruhig dich, Mark", tröstete er seinen Freund. „Sie ist zu Fuß. Weit kann sie nicht sein. Wir finden sie schon. Du fährst die Strecke nach Los Angeles ab und ich die entgegengesetzte Richtung. Wir bleiben durch die Handys im Kontakt. Ich werde mich bei den Leuten auf der Straße erkundigen, ob sie jemand gesehen hat. Hier sind viele früh auf. Sie müssen sie bemerkt haben."

Mark kratzte seine Bartstoppeln.

„Gut, danke, dass du mir hilfst. Beeile dich. Je eher wir sie finden, desto besser. Ich setze mich schnell noch mit Antonio in Verbindung. Er hält sich in Los Angeles auf. Er kann mit seiner Harley entgegenkommen und in den

Seitenstraßen sowie in unwegsamen Gebieten suchen."

Damit eilte er in seine Wohnung zurück und führte ein ausführliches Gespräch mit seinem Partner Antonio Solero aus dem Dezernat für Gewaltverbrechen. Dieser versprach, sofort loszufahren und die Augen offen zu halten. Außerdem wollte er eine Fahndung nach dem Tätowierten einleiten.

Etwas beruhigter zog Mark sich um und wusch sich notdürftig. Die Zeit zum Rasieren nahm er sich nicht, stürzte nur eine halbe Tasse Kaffee hinunter. Dann jagte er die Treppen herunter und traf Joel bei den Autos an.

Sie warfen die Motoren an und starteten. Jeder in seine Richtung.

*

„Wo wollen Sie hin, Solero?", tönte die barsche Stimme seines Vorgesetzten hinter ihm her.

Antonio drehte sich betont lässig um. In seiner schwarzen Motorradkluft sah er nicht gerade wie ein seriöser Dezernatsbeamter aus. Aber das störte ihn herzlich wenig. Für ihn war der Erfolg seiner Arbeit das Wichtigste. Er war ehrgeizig und penibel bis ins Kleinste. Was er begann, brachte er für gewöhnlich auch zum Erfolg.

Obwohl Halbitaliener, besaß er blonde Haare, was er seiner Mutter zu verdanken hatte, die in Schweden geboren war.

Er hatte hübsche dunkelbraune Augen, die von einem dichten schwarzen Wimpernkranz eingerahmt waren. Das Haar fiel bis knapp auf die Schultern. Es verlieh ihm das Aussehen eines Engels. Sein ständiger Begleiter, eine dunkle Sonnenbrille, steckte jetzt in seinem Haar knapp über der Stirn. Die Frauen lagen ihm reihenweise zu Füßen. Und er sonnte sich darin. Nun grinste er seinen Chef frech an.

„Bitte?"

„Können Sie mir vielleicht einen Tipp geben, wo sich ihr Partner Captain Terry aufhält?", donnerte der mondgesichtige Commander Trill los. Die Essensreste vom Frühstück wippten dabei an seinem Kinn auf und ab, bevor sie durch die Bewegung des Sprechens auf den Boden fielen.

‚Dieser schmierige Fettsack', schoss es Antonio durch den Kopf. Am liebsten hätte er sich abgewandt und ihn stehen gelassen. Aber er hatte schon so genug Zoff mit ihm. Also antwortete er ihm so knapp wie möglich.

„Captain Terry wird in der Mordsache von gestern Nacht unterwegs sein, Commander. Er hat mich gebeten, ihn dabei zu unterstützen. Wenn ich dann meinen Job tun dürfte", entgegnete Antonio spitz.

Ohne die Antwort abzuwarten, wandte er sich erneut der Tür zu, um schleunigst zu seiner Harley zu eilen, bevor der Chef noch reagieren konnte. Den Bogen hatte Antonio raus. Der Commander war nämlich selten in der Lage, schlagfertig zu antworten. Ein Vorteil für seine Untergebenen.

Antonio schwang sich auf seine Maschine und war innerhalb von Sekunden auf voller Geschwindigkeit.

Mark hatte die Kleine genauestens beschrieben. Circa ein Meter zweiundsechzig, hellblonde lange Haare, tiefgrüne Augen und bildhübsch. Zu seinem Unglück liefen gerade heute haufenweise Blondinen am Strand spazieren. Doch die Langhaarigen hatten keine grünen Augen und fühlten sich durch ihn belästigt. Er sollte nach einer mit einer besonderen Ausstrahlung suchen. Mark hatte gut reden.

‚Was verstand er darunter?'

Antonio kurvte die gesamte Strandgegend entlang Los Angeles bis Malibu ab, bis sein Sprit alle war. Und das war eine weite Strecke. Als er gerade beim Tanken war, kam ihm der dunkelblaue Ferrari von Mark entgegen.

Dieser erkannte ihn sofort, lenkte seinen Wagen auf die Tankstelle und sprang aus dem Auto.

„Du hast sie nicht gefunden, was?" Die Enttäuschung war ihm anzusehen.

„Nein, Kumpel! Ich hab alles abgegrast. Jede Seitenstraße, die Dünen, die Promenaden. Keine Blondinen mit tiefgrünen Augen, die *Cheriell* heißt. Tut mir leid."

Mark setzte sich seufzend auf einen großen Grenzstein, vergrub den Kopf in den Händen. ‚Verdammt", grübelte er. ‚Wo sollten sie denn noch suchen?'

Er rieb sich über das Gesicht, wobei er unangenehm die sprießenden Bartstoppeln wahrnahm. Er musste aussehen wie ein Landstreicher.

„Du siehst ganz schön kaputt aus", bestätigte Antonio im selben Moment diesen Gedanken. Er klopfte ihm kameradschaftlich auf die Schulter.

„Ich bin nicht zum Rasieren gekommen", versuchte Mark eine Erklärung.

Antonio lachte hell auf.

„Ja, und die Nacht war lang, was? Na komm, du wirst schon sehen, wir finden sie noch. Sie kann ja nicht vom Erdboden verschluckt worden sein."

„Nicht mal die Leute am Highway haben sie gesehen, Tony. Ich versteh das nicht. Hoffentlich sind uns nicht die Typen von dem Mord gefolgt", stieß Mark schließlich seine Befürchtung aus.

„Das glaub ich nicht. Du hättest es bestimmt bemerkt. Wahrscheinlich ist sie per Anhalter gefahren", vermutete Antonio. Er setze sich auf den Sozius seiner Maschine und wippte ein wenig hin und her. „Sonst wäre sie uns begegnet."

„Ich könnte mich totärgern", erwiderte sein Freund, während sein Blick über die angrenzenden Wiesen wanderte. „Hätte ich bloß besser auf sie aufgepasst. Sie hat mir die Typen ziemlich genau beschrieben, obwohl sie schon betrunken war. Und ich glaube, einen der Bande zu kennen. Rauschgifthändler! Das weiße Päckchen wäre der Beweis."

„Du weißt, dass in diesem Fall die Sache zur Drogenfahndung gehört, Mark", stellte Antonio richtig fest. „Wenn die merken, dass wir vom Morddezernat uns um die Sache kümmern, gib es Ärger."

„Natürlich! Aber andererseits haben wir ein Gewaltverbrechen bzw. einen Mord aufzuklären. Und glaub mir, ich möchte nicht, dass Cherlell in die Hände dieser bescheuerten D12-Leute gerät. Die würden sie fertig machen."

Antonio sah ihn prüfend an und grinste anzüglich.

„Bist du in sie verknallt? Meine Güte, Mark! Dabei kannst du dir es gar nicht leisten, mit einer Zeugin ein Verhältnis anzufangen. Halt dich lieber zurück, Kumpel. Der Commander glaubt dir kein Wort, falls er dahinter kommt. Erzähl ihm nur nicht, dass sie heute Nacht bei dir geschlafen hat. Wie war es denn?"

Er grinste.

„Hör auf! Sie hat im Gästezimmer geschlafen und ich im Wohnzimmer. Joel hat mir geholfen, sie nach oben zu bringen. Drei Glas Wein bei Dario und sie war erledigt. Ich weiß nicht mal, wo sie wohnt."

Mark erzählte von seinem Gespräch mit Cheriell und was sonst den Abend noch geschehen war.

„Ich versuche mal, mit Joel Verbindung aufzunehmen", meinte er schließlich und rief Joels Handy an.

*

Es war heiß auf dem Highway. Joel setzte sich schon nach kurzer Zeit sein Cappy auf, das er für alle Fälle immer im Auto liegen hatte. Der Mercedes surrte. Joel liebte die Bequemlichkeit des Fahrens. Mit scharfem Blick beobachtete er die Gegend. Er fuhr nicht allzu schnell.

An einer Klippe, wo der Highway einen Bogen machte, bog er in eine Seitenstraße ein, die bergauf führte. Ein paar Minuten später hielt er auf einem Parkplatz an. Die Aussicht war verlockend. Er ließ seinen Blick über das blaue Meer schweifen und weiter den Abhang hinab.

‚Wie malerisch', dachte er. Schade, dass er den blonden Engel noch nicht gefunden hatte. Wie romantisch wäre es gewesen, mit ihr hier zu stehen und über den weiten Ozean zu schauen.

‚Sei nicht verrückt, du Trottel‘, mahnte er sich.

Aber es war schon eigenartig. Obwohl er sie nur ein einziges Mal schlafend gesehen hatte, fühlte er sich magisch von ihr angezogen.

Ein Schatten glitt über ihn hinweg. Er sah in den Himmel und erkannte den großen weißen Adler wieder, den er heute Morgen schon einmal entdeckt hatte. Es war also doch ein Adler gewesen. Wie seltsam. Er kreiste über der Klippe, schoss aber plötzlich herab ins Meer und kam mit einem riesigen Fisch in den Krallen wieder nach oben.

‚Was für ein Schauspiel‘, dachte Joel. Der Adler flog über Joels Kopf hinüber zu einer Zwergkiefer am Abhang und landete auf einem Ast. Doch die Kiefer schien alt und morsch zu sein. Der Ast brach und der weiße Vogel stürzte samt seiner Beute in den Abgrund.

Joel erschrak. ‚Um Himmelswillen, der schöne Vogel. Hoffentlich ist er nicht verletzt.‘ Er wartete eine Weile, doch der Adler tauchte nicht wieder auf. ‚Er muss verletzt sein‘, dachte Joel. ‚Ich muss ihm helfen.‘

Er lief zum Auto, nahm zwei Abschleppseile aus dem Kofferraum heraus, band sie zusammen und an der Stoßstange fest. Dann ließ er sich langsam an der Stelle den Abhang herab, wo der Vogel abgestürzt war.

Joel war durchs Bergsteigen in etlichen Urlauben ganz gut trainiert. Es gehörte zu seinen Hobbys Steilwände zu erklimmen. So fiel ihm dieser Kletterakt nicht schwer. Ganz ungefährlich war seine Aktion trotz allem nicht, denn tief unter ihm tobte die Brandung zwischen herausragenden Felsen.

Einige Meter unter der Kiefer fand er den Vogel bewegungslos auf einem Vorsprung liegen. Ein Flügel lag unnatürlich verdreht vom Körper weggestreckt.

‚Er ist wohl gebrochen‘, vermutete Joel. Langsam näherte er sich ihm. Er zog seine Jacke aus und legte sie um den Adler. In diesem Moment öffnete das schöne Tier seine Augen und sah Joel erschreckt an. Es stieß einen jämmerlichen Laut aus und fing an zu zappeln. Joel nahm ihn auf, drückte ihn an sich und sprach beruhigend auf ihn ein.

„Ruhig, mein Freund", flüsterte er immer wieder, während er sich den Vogel vor den Bauch band. „Ich will dir doch nur helfen."

Er wunderte sich, dass der Adler nicht hackte. Zuerst hatte er überlegt, ob er ihm zu seinem eigenen Schutz den Schnabel zubinden oder die Jacke über den Kopf stülpen sollte.

Aber Joel brachte es nicht übers Herz, den Vogel noch mehr zu verängstigen und dieser machte keine Anstalten Joel anzugreifen. Er piepste nur kläglich. So zog Joel sich Stück für Stück am Seil nach oben bis er erschöpft am Parkplatzrand ankam und sich schwer atmend fallen ließ. Der Adler war schwerer gewesen als er angenommen hatte. Aber er verhielt sich auf eigenartige Weise ganz still.

‚Ich hab ihn eingelullt', dachte Joel, ‚aber was nun? Einen Tierarzt gibt es erst in Los Angeles. Am besten, ich fahre zu Mark. Zu zweit ist es einfacher, dem Tier zu helfen.'

Vorsichtig legte er das Jackenbündel auf den Beifahrersitz. Während der gesamten Fahrt beobachtete ihn der weiße Vogel aus seinen ängstlichen grünen Augen. Joel sprach von Zeit zu Zeit beruhigend auf ihn ein. Als sie ihr Ziel erreicht hatten, war Joel völlig erledigt. Kurz nach dem Ortsschild klingelte sein Handy. Mark war dran.

„Hey Joel! Hast du schon was erreicht? Antonio und ich haben nur Negatives zu verzeichnen."

Das Mädchen! Das hatte Joel bei all der Aufregung ganz vergessen. Reumütig erwiderte er hastig:

„Tut mir leid, mein Freund. Bis kurz vor Big Rock habe ich nichts entdecken können und dann kam mir was dazwischen."

„Was ist denn passiert? Hattest du eine Panne?" Marks Stimme hörte sich sehr enttäuscht an.

„Nein", erwiderte Joel. „Wo seid ihr jetzt? Ich könnte Hilfe gebrauchen. Kannst du nicht schnell nach Hause kommen. Ich hab einen verletzten Adler gefunden. Du weißt doch, hier in der Gegend würde er von Wilderern getötet und ausgestopft, weil sie Profit wittern. Du müsstest ihn sehen. Er ist ganz weiß mit grünen Augen. Ein prachtvolles Tier."

„Was?", fragte Mark ungläubig nach. „Seit wann gibt es weiße Adler. Willst du mich auf den Arm nehmen?"

„Nein Mark! Bitte komm her, ich weiß nicht, was ich mit ihm machen soll. Der eine Flügel scheint gebrochen zu sein. Und da wir das Mädchen sowieso noch nicht gefunden haben, sollten wir zuerst beraten, was wir weiter tun wollen."

„Na gut", seufzte Mark. „Tony und ich kommen so schnell es geht. Antonio ist Erste-Hilfe-Spezialist. Ihm wird schon was einfallen, um dein Tierliebhaberherz zu beruhigen. Wir treffen uns bei deiner Wohnung. Ende!"

„Danke", seufzte Joel erleichtert.

Inzwischen war Joel bei der wunderschönen gepflegten Apartmentanlage angelangt. Er parkte direkt vor dem Haus, nahm den Vogel in die Arme und trug ihn in seine Wohnung.

„Komm, mein Freund", flüsterte er ihm zu, nachdem er ihn behutsam auf den Küchentisch gelegt hatte. „Hier ist etwas Wasser für dich." Er hielt ihm ein kleines Plastikschälchen mit Leitungswasser unter den Schnabel. Hastig trank das Tier. Joel strich ihm sanft durch die Federn. Der Vogel lag ganz still auf dem Tisch.

Joel zog sich einen Stuhl heran und kraulte ihm den Kopf. Der weiße Adler blickte ihm direkt in die Augen. Er schien zu verstehen, dass dieser Mensch ihm nichts Böses antun wollte.

Die Finger dieses Mannes glitten sanft durch ihr Gefieder. Allmählich beruhigte sich Cheriell. Ihr Herz hörte auf wie wild zu hämmern, aber ihr Flügel tat höllisch weh und pochte. Was sollte sie nun tun? Spätestens beim Sonnenuntergang musste sie hier weg sein, sonst entdeckte man ihr Geheimnis. Doch das schien unmöglich. Warum hatte sie sich nur dazu hinreißen lassen, den Fisch zu jagen. Ihr Jagdinstinkt war mit ihr durch- gegangen und der große Fisch sah so verlockend aus. Dabei hatte sie gar keinen Hunger verspürt. Es war die reine Jagdlust gewesen, die sie alle Vorsicht zur Seite hatte schieben lassen. Sogar um den Menschen auf der Klippe hatte sie sich nicht gekümmert, so fasziniert war sie von dem spiegelnden Fisch unter der Wasseroberfläche gewesen. Nun lag sie also hier und hatte die Folgen zu tragen. Sie war nicht fähig sich in der Jacke des Mannes zu rühren. Er hatte vorhin in solch ein schwarzes Ding gesprochen aus dem seltsame Geräusche kamen. Das machte ihr Angst. Wieso half er ihrer Verletzung nicht. Er musste doch gesehen haben, dass ihr Flügel gebrochen war.

Auf Chartoriak hätte man ihr den Bruch schon geschient. Man hätte ihr den Heilsaft der Driontenblume eingeflößt und sie wäre innerhalb weniger Tage gesund gewesen. Aber dieser Erdenmann hielt sie nur fest.

Angst kroch erneut in ihr hoch.

Plötzlich ließ sie ein schrilles Geräusch zusammenfahren. Sie begann wieder an zu zittern. Behutsam nahm der Mann sie hoch, hielt sie vorsichtig vor seiner Brust und öffnete die Eingangstür. Zwei weitere Männer traten ein. Einer von ihnen war Mark. Cheriell zuckte unwillkürlich zusammen, als sie ihn sah und stieß einen Fieplaut aus.

„Ruhig", sagte der Mann mit dem langen dunklen Haar sanft, der sie trug. „Ist ja gut. Er scheint starke Schmerzen zu haben, Mark. Hallo Antonio, wie schön dich mal wieder zu sehen. Hast du wirklich Ahnung von gebrochenen Knochen?"

Der blonde Italiener grinste ihn an.

„Hey Joel! Zeig mal her, das Vögelchen. Donnerwetter, ich wollte es nicht glauben, als Mark mir erzählte, dass du einen weißen Adler gefunden hast."

Er nahm Joel den Adler aus dem Arm, der nach wie vor in die Jacke eingewickelt war.

Cheriell geriet in Panik. Was machte Mark hier und dieser grobe andere Kerl. Die Schmerzen an ihrem linken Flügel nahmen wieder zu. Sie schrie auf.

„Sei doch nicht so grob", schimpfte Joel mit Antonio. Er legte seine warme Hand auf den Kopf des Adlers und gemeinsam trugen sie ihn zum Tisch zurück. Joel entfernte die Jacke, hielt sie aber weiterhin fest.

 Vorsichtig schüttelte sie sich. Was sie jedoch sogleich bereute. Ein klägliches Geräusch entwich ihrer Kehle, weil sie die Schmerzen kaum aushielt. Die Männer legten sie so auf den Tisch, dass Antonio gut an den verletzten Flügel heran kam. Joel hielt sie am Kopf und Rücken fest. Mark drückte den gesunden Flügel gegen ihren Körper und umklammerte ihre Krallen mit der Jacke. Cheriell zitterte vor Furcht. Die Augen weit aufgerissen, sah sie angstvoll von einem zum anderen. Was hatten diese Männer vor?

„Er hat grüne Augen", stellte Mark erstaunt fest. „Die gleiche Farbe wie die Augen von Cheriell."

Antonio warf ihm einen bedauernden Blick zu. „Mark, kannst du mal für fünf Minuten dieses Mädchen vergessen?"

„Habt ihr schon mal einen Adler mit grünen Augen gesehen?", fragte Joel nachdenklich.

„Nein, genauso wenig wie einen mit silberweißem Gefieder", entgegnete Antonio, während er den Flügel richtete. „Vielleicht eine neue Züchtung und er ist abgehauen."

 Cheriell wurde fast ohnmächtig vor Schmerz. Wie im Nebel hörte sie die drei Männer wietersprechen.

„Die Adler, die ich bisher gesehen habe, hatten alle gelbe Augen und gemischte Federn. Dieser ist ein richtiges Pracht-exemplar", stellte Mark fest.

„Eine seltene Schönheit", ergänzte Joel.

„Wir könnten ihn an einen Zoo verkaufen", schlug Antonio vor. Seine geschickten Finger fuhren flink über die gerichtete Bruchstelle, um zu ertasten, ob er den Knochen auch gerade geschient hatte.

„Untersteh dich, du geldgieriges Monster", herrschte Joel ihn an. „So ein prächtiges Tier gehört in die Freiheit. Wo er wohl her kommt? In dieser Gegend ist es eigentlich viel zu kahl und unwirtlich für solch einen Vogel."

Der Verband war angelegt. Cheriell konnte ihren Flügel nun gar nicht mehr bewegen. Es war eine Tortur für sie gewesen ohne Betäubung ihrer Sinne. Ihr Kopf sackte be-nommen auf Joels Hand.

„Armes Tier." Mitleidig strich er ihr sanft durch die Federn. „Ich lege ihn auf eine Decke am Fenster. Wegfliegen kann er nicht. Mark, breite doch mal die Decke vom Sofa in der Ecke aus."

Mark bereitete dem Adler das Lager und Joel legte das erschöpfte Tier darauf.

„Nun, Herr Doktor", flachste Mark, „können wir uns endlich unserer eigentlichen Arbeit zuwenden?"

Antonio grinste über das ganze Gesicht.

„Sieh dir unseren Gockel an, Joel. Kaum blickt ihm ein Mädchen tief in die Augen, kann er nicht mehr ohne sie leben."

„Ich finde das keine Spur witzig, Tony", entgegnete Mark gereizt. „Du weißt sehr genau, dass diese Sache verflucht ernst ist."

„Schon gut, mein Alter. Ich hab es nicht böse gemeint." Sein Kollege packte das Verbandszeug zusammen und warf seinem Werk an Cheriells Flügel noch einen stolzen Blick zu. In diesem Moment schrillte das Telefon in Marks Jacke.

„Au Mann, das kann nur der Alte sein", vermutete Mark. Aus der Sprechmuschel erscholl dann auch die unsympathische Stimme von Commander Trill.

„Captain Terry, wo treiben Sie sich verdammt noch mal herum? Hier gibt es einen Mordfall und Sie ...!" Mark fiel ihm ins Wort.

„Das ist mir durchaus bekannt, Commander! Leutnant Solero und ich sind gerade dabei Fakten zu sammeln. Einiges konnten wir schon ermitteln. Wir müssen noch Leute verhören. Wenn Sie uns unsere Arbeit tun lassen würden, könnte ich ihnen sicher bald einen Bericht liefern."

„Terry! Ich habe den Vater des Verletzten hier in meinem Büro sitzen. Was soll ich ihm denn sagen? Er will dringend mit Ihnen sprechen."

Joel und Antonio hatten alles mit angehört, so laut dröhnte die Stimme des Commanders durch den Hörer.

„Lass dir Slade geben", flüsterte Joel Mark zu. „Er soll herkommen. Du weißt, wir sind Freunde. Ich werde ihn schon beruhigen."

Mark richtete so höflich wie möglich seine Bitte, Mr. Slade zu sprechen, an den Chef.

Kurze Zeit später war Bark Slade am Apparat. Joel nahm das Telefon in die Hand.

„Hallo Bark? Joel Damar hier. Tut mir sehr leid um Trevers, mein Freund. Ich bin mit Captain Terry befreundet. Wir sind gerade zur Beratung des Falles in meiner Wohnung. Ist es dir möglich herzukommen? Vielleicht kannst du etwas zum Erfolg beitragen."

Bark Slade stimmte sofort zu. Er war heilfroh von diesem unangenehmen, nach Schweiß riechenden Commander Trill wegzukommen und fuhr umgehend los.

Entdeckt

Joel begrüßte den Freund herzlich. Bark war zwar kleiner als der Ire, aber trotzdem wirkte Joel gegen den Briten wie ein Jüngling, obwohl er bald vierzig Jahre alt wurde.

Barks rotbraunes Haar hatte schon vor einigen Jahren vereinzelte Silberfäden bekommen. Von seiner Ausstrahlung und Vitalität aber nahm er es noch mit vielen jüngeren Sängern auf. Er war ein ausgezeichneter Komponist und Sänger.

Joel bewunderte Bark. Der meisterte die Konzerte mit solch einer Begeisterung, dass ihm die Fans reihenweise zu Füßen lagen. Heute sah er aber um Jahre gealtert aus. Die Sorge um Trevers stand ihm im Gesicht geschrieben zusätzlich zu den durchzechten Nächten, von denen Joel gehört hatte.

Nachdem er Mark und Antonio vorgestellt worden war, erfuhr Bark endlich die näheren Umstände des Überfalls. Bei Erwähnung des Päckchens runzelte er die Stirn.

„Ich habe Trevers nie mit Drogen erwischt, Mark. Bei seiner Freundin war ich allerdings nie ganz sicher."

„Wie geht es Trevers denn? Warst du schon im Krankenhaus?", wollte Joel wissen.

„Er ist noch nicht ansprechbar, aber außer Lebensgefahr."

„Ich habe Wachposten aufstellen lassen", fügte Antonio hinzu. „Sie rufen mich an, falls er zu sich kommt und verhört werden kann."
Bark nickte.
„Dann habt ihr also nichts weiter in der Hand als die Aussage eurer verschwundenen Zeugin. Keine rosige Aussicht."
„So ist es", stimmte ihm Mark zu. „Wir fahnden nach dem Tätowierten, aber das wird schwierig sein. Dabei muss uns der Untergrund helfen. Dies wird etwas dauern."
Bark ließ gedankenversunken den Blick schweifen. Er blieb auf dem dösenden Adler haften.
„Ist das dein Adler, Joel?", fragte er verwundert.
Joel erklärte ihm die Zusammenhänge. Er stand auf, um dem Adler Wasser einzuflößen. Cheriell hatte Vertrauen zu ihm gefasst, beobachtete aber die anderen Männer misstrauisch.
Marks Stirn lag in sorgengekräuselten Falten. Er versuchte krampfhaft, sich an den Namen des Tätowierten zu erinnern. Er war ganz sicher, schon einmal mit ihm zu tun gehabt zu haben.
„Womit füttere ich ihn nur?", überlegte Joel währenddessen. „Er wird bald Hunger haben. Den Fisch hat er ja nicht bekommen."
„Du hättest den Fisch eben gleich mitbringen müssen", neckte ihn Antonio.

„Ich hatte alle Hände voll zu tun, den Vogel heil den Hang hinauf zu bekommen."

Joel verzog beleidigt den Mund. Antonio lachte darüber, dass Joel seine Bemerkung so ernst nahm.

„Wie wäre es mit einer Maus", schlug er vor.

„Ach ja, und wer fängt sie?"

Joel schüttelte den Kopf.

„Er scheint es dir auf alle Fälle zu danken, dass du ihn gerettet hast, Joel", warf Bark ein, der sich neben seinen Freund gekniet hatte, während dieser den Adler tränkte. „Er verhält sich ganz ruhig und hackt gar nicht nach dir, wenn du ihn anfasst. Ein hübsches Tier!"

Joel nickte. Er war schon immer sehr tierlieb gewesen. In seinen Filmen kamen meist verschiedene Tierarten vor. Allerdings war er noch nie mit einem Raubvogel in Kontakt gewesen. Es gab ihm das seltsame Gefühl der Verbundenheit, wenn er ihn streichelte. Der Vogel nahm seine Zärtlichkeiten ohne Gegenwehr entgegen.

Eine berauschende Erfahrung! Mark war hinter ihn getreten. Er sah sich den Adler das erste Mal genauer an.

„Ich finde, es sieht aus wie ein Weibchen", meinte er versonnen.

„Oh Mark, das sagst du jetzt nur wegen der Augenfarbe." Antonio platzte fast vor Lachen.

„Das stimmt auch, Tony! Ich lass mich davon nicht abbringen. Sie hatte so dunkelgrüne

Augen, dass man hineinfallen konnte. Wie nennt man die, smaragd?"

Nun musste auch Bark lachen.

„Gut gesagt, Mark. Die Dame hätte ich auch gerne kennengelernt."

„Wenn ich nur wüsste, wo ich sie suchen soll", erwidert Mark verzweifelt.

„Weißt du was", schlug Antonio vor. „Ich fahre nochmals zur Promenade und werde alle Leute ausfragen. Vielleicht kann ich meine speziellen Freunde dazu bewegen, was in Erfahrung zu bringen. Ich melde mich dann."

„O.k., ich kümmere mich mal um die Verbrecherkartei der Drogenhändler", seufzte Mark resigniert. „Wollen doch mal sehen, ob mein tätowierter Freund darunter ist. Bis dann also, Joel. Danke für deine Hilfe. Was ist mit dir, Bark, bleibst du noch hier?"

Der Musiker nickte.

„Ja, ich werde mich noch ein wenig mit Joel unterhalten. Ich hoffe, du meldest dich bei mir, falls du etwas Neues herauskriegst."

„Na klar, und Joel, wenn Cheriell wieder aufkreuzen sollte, halte sie um Himmelswillen fest und sag mir sofort Bescheid."

„Natürlich", versprach ihm Joel, „darauf kannst du dich verlassen."

Die Tür fiel ins Schloss und die Freunde waren allein.

„Hast du Hunger? Mir knurrt der Magen. Habe den ganzen Tag noch nichts gegessen durch die Aufregungen."

„Ich auch nicht und es ist schon bald Teatime."

Da sprach das englische Blut aus Bark.

„Ich mache uns Sandwiches und Tee. Bin gleich zurück", grinste Joel und verschwand in der Küche.

Bark lehnte sich auf dem Boden gegen das Glas der Fensterscheibe des bodentiefen Balkonfensters und ließ vorsichtig seine Finger über das Gefieder des weißen Adlers gleiten. Auch bei ihm verhielt er sich ganz still. „Na du, du bist ja ein ganz hübscher Kerl. Und so brav. Wo kommst du nur her?"

Der Vogel gab ein tiefsitzendes Kehlgeräusch von sich. Bark bekam eine Gänsehaut, als er es unter seinen Fingern spürte.

‚Welch ein erhabenes Gefühl der Vertrautheit', dachte er. Die Anwesenheit dieses Vogels schenkte ihm seine innere Ruhe wieder.

Er betrachtete das hübsche Tier genauer. Wäre das nicht ein tolles Motiv für das Cover seiner neuen Single? Die Musik stand ja schon. Der Text, ja, der könnte von einem wunderschönen Adler handeln.

‚The white und lonely eagle', überlegte er. ‚im goldenen Morgenrot?' Er grinste in sich hinein. ‚Ha, das wäre doch was!'

Da würde ihm schon etwas einfallen. Er würde den Song seinem Sohn widmen. Sobald er Zeit hatte, musste er loslegen. Lächelnd nahm er sein Handy und fotografierte den weißen Adler.

Die Schatten der gelblichen Abendsonne wurden langsam länger. Bald würde sie in den Horizont eintauchen.

Cheriell saß in der Klemme. Sie konnte nicht weg. Der Mann mit dem Bart, der dem Verletzten auf der Promenade so ähnelte, hatte sich neben sie auf den Boden gesetzt und ging nicht weg.

Der Langhaarige, den sie Joel nannten, war in einem anderen Raum verschwunden. Mühsam versuchte sie sich aufzurichten und zur halb geöffneten Balkontür zu hüpfen, aber Bark schloss sie sofort, so hatte sie keine Chance nach draußen zu gelangen.

Allerdings begab sich Bark nach ihrer Aktion zu Joel, um ihm davon zu erzählen. So war sie für kurze Zeit alleine im Wohnzimmer des Iren.

Cheriell sah sich um. Weder ein Fenster noch eine weitere Tür war offen.

Sie flatterte unbeholfen auf den Schreibtisch und wirbelte dabei eine Unzahl von Manuskripten durcheinander. Sie segelten auf den Boden. Sie bemerkte es kaum.

Die Panik verkrampfte wieder ihr Herz. Was sollte sie nur tun?

Der letzte Sonnenstrahl schummelte sich soeben über die seichte Wasseroberfläche des Ozeans. Es war fast windstill. Sekunden später umschloss das schimmernde Licht ihre Vogelgestalt und verwandelte sie wiederum in Cheriell, das Mädchen.

Sie schüttelte sich wie jedes Mal nach der Verwandlung. Ihre blonden Haare fielen wie ein Schleier über die Schultern und bedeckten halb den verletzten Arm.

Der Verband saß auch am menschlichen Körper gut.

Antonio war eben ein Könner oder war es die Verwandlungsmagie. Und jetzt?

Cheriell lauschte in Richtung der Küche, in der sich die beiden Männer in gedämpften Ton unterhielten. Dann rutschte sie vom Schreibtisch hinunter und öffnete leise die Balkontür. Sie trat hinaus in die frische Abendluft.

Voller Erleichterung atmete sie tief ein. Das Licht des aufgehenden Mondes strahlte ihr auf das Gesicht.

Sie überlegte, wie sie es anstellen konnte, unbemerkt zu flüchten.

Irgendwie hinausschleichen? Die Tür leise schließen und sich irgendwo verstecken?

In diesem Moment vernahm sie ein Geräusch hinter ihrem Rücken und fuhr herum. Bark stand in der Balkontür und starrte sie an.

„Wo ... wo kommen Sie denn her?", brachte er schließlich stotternd heraus.

Ihm war sehr wohl bewusst, dass Joels Wohnung an einem kleinen Abhang lag. Die Haustür war verschlossen. Man kam nur herein, wenn man klingelte. Über den Balkon war es unmöglich in die Häuser zu gelangen.

Cheriell schlug die Augen nieder und sagte kein Wort.

„Joel!", rief Bark nun endlich. „Komm mal schnell her." Er ließ das Mädchen keine Sekunde aus den Augen.

„Ja, was ist denn, Bark?" Joel kam mit einem großen Teller Sandwichs aus der Küche und konnte ihn gerade noch ausbalancieren, bevor er ihn fast vor Überraschung fallengelassen hätte. Er setzte ihn ab und trat auf den Balkon.

„Cheriell?", staunte er verblüfft. Er blickte in ihre grünen Augen, sah die noch verbliebenen weißen Adlerfedern an ihrem Kleid, wandte sich der leeren Decke auf dem Boden zu und wusste im gleichen Moment, wer sie war.

„Ich ... glaube es nicht ...", stammelte er. Konnte es sein? „...warst du etwa der Adler?"

Cheriell blickte ihn unsicher an. Was sollte sie ihm bloß sagen? Sie kannte ihn noch weniger als Mark. Wusste eigentlich nur, dass er sehr tierlieb war.

Beide Männer starrten sie nun fragend an, so dass sie nickte.

„Aber ... wieso, ich meine ..., wie kann das angehen?" Joel war immer noch fassungslos, versuchte aber krampfhaft nicht den Verstand zu verlieren.

Bark dagegen hatte sich etwas gefangen, schüttelte nun ungläubig den Kopf, weil er die Zusammenhänge nicht verstand.

„Sag mal, Joel, kannst du mir mal erklären, um was es geht? Ich blicke da irgendwie nicht ganz durch."

Joel seufzte.

„Das ist Cheriell, Bark. Das Mädchen, das Mark sucht. Und außerdem scheint sie unser Adler gewesen zu sein", erklärte ihm Joel die Lage. „Siehst du die weißen Adlerfedern und schau ihr mal in die Augen. Was meinst du, irre ich mich?"

Bark sah ihn verblüfft an.

„Du hast Recht, diese Ähnlichkeit", wunderte er sich und atmete tief durch. „Ich fasse es nicht."

„Ich kann euch alles erklären", flüsterte Cheriell, bedrückt darüber, dass sie nun ihr Geheimnis preisgeben musste.

„Da bin ich aber gespannt", erwiderte Joel. „Aber komm erst mal rein und dann erzähl uns deine Geschichte."

Zögernd folgte Cheriell dem dunkelhaarigen Mann. Sie ahnte nicht, dass auch Joel alle seine Nerven zusammennehmen musste, um ruhig zu bleiben. Er spürte ihre Angst und fürchtete, dass sie jeden Moment wieder ihre Adlergestalt annehmen oder einfach flüchten würde. Dann erfuhren sie die Wahrheit nie.

Wiederum dachte er: ‚Wie konnte das nur angehen?'

Um die Situation zu entschärfen, bot er ihr Tee und ein Sandwich an. Hungrig griff sie zu und dankte ihm.

Er atmete auf. Auch der immer noch verwunderte Bark hatte sich zu ihnen gesetzt. So aßen sie für einen Moment schweigend.

Cheriell überlegte, wie sie anfangen sollte. Sie beschloss, die ganze Wahrheit zu sagen, damit diese Männer verstanden wie wichtig ihr Auftrag auf Terra war.

„Ihr müsst wissen, ich komme vom Planeten Chartoriak. Er existiert in einer euch vermutlich unbekannten anderen Galaxie des Alls, viele Lichtjahre von hier entfernt."

„Was? Du bist ein außerirdisches Wesen?", fragte Bark ungläubig.

„Ihr Erdenbewohner nennt uns wohl so, das ist richtig. Für uns seid ihr die fremden Wesen. Und ich bin ein Vogelmensch. Aber ich will vom Anfang zu erzählen beginnen, sonst ist meine Geschichte schwer zu verstehen."

Joel nickte.

„Ja, das wird das Beste sein."

Die Saga Chartoriaks

So begann Cheriell also von ihrem Leben auf Chartoriak zu erzählen und je mehr Joel und Bark hörten, desto besser konnten die verblüfften Männer die Lage der Vogel-menschen verstehen.

„Die Überlieferungen der Alten auf Chartoriak", begann Cheriell und strich sich etwas verlegen die hellen Haare hinter die Ohren, „besagen, dass bei der Entstehung des Planeten, die Mutter Sonne Cherima ihre Strahlenkinder durch das gesamte Universum schickte, um von jedem fruchtbaren Stern etwas Lebensfähiges oder Lebensaufbau-endes mitzubringen. So kamen die Sonnen-kinder Cherim und Cheria nach langer Zeit zum blauen Planeten, den sie Terra tauften und der von euch Erdlingen die Erde genannt wird. Er kreiste seit Urzeiten in der Nachbar-galaxie von Chartoriak um eine große Sonne, wurde uns überliefert. Das blaue Licht zog die Sonnenkinder magisch an. Und als sie den Boden von Terra berührten, füllten sie ihre Energietanks mit menschlichen Genen auf.
Cherim und Cheria sausten um den Planeten, schöpften unendlich viele Wassermoleküle und unzählige verschiedene Samen in sich hinein und schwebten als vereinter Energie-ball zurück in ihr Sonnensystem.

Dort taten sie sich mit denen zusammen, die von den anderen Planeten Gene und Kräfte mitgebracht hatten.

Zwei der Strahlenkinder, nämlich Chark und Chritta, brachten vom grünen Planeten Ursus eine Vielzahl bunter Federn mit und die Gabe zu Fliegen sowie den scharfen Blick.

Chront und Chremi schließlich waren auf dem roten Planeten Vertiko gewesen und hatten Wärme, Mitgefühl und die Fähigkeit des Gedankenaustausches, wie die Telepathie über weite Entfernungen im Gepäck."

„Du meinst, ihr könnt telepathisch Kontakt miteinander aufnehmen?", erkundigte sich Joel aufgeregt.

Was als unfassbar galt, hatte ihn schon immer gereizt. Auch Bark hörte interessiert zu.

Cheriell nickte.

„Ja, das stimmt, aber leider funktioniert es nur innerhalb einer Galaxie", fügte sie erklärend hinzu. „Deshalb habe ich auch noch keinen Kontakt zu meinem Volk. Aber lasst mich weiter erzählen."

„So entstand also die Vielfalt des Planeten Chartoriak, dessen Oberwesen und Wächter die Vogelmenschen wurden.

Die göttliche Sonne Cherima hatte den Vogelmenschen die Gabe verliehen, sich mit dem letzten Sonnenstrahl ihrer fürsorglichen Wärme bei Einbruch der Nacht zu richtige Menschen verwandeln zu können.

Im Laufe der Jahrhunderte verlernten sie jedoch, diese Gabe zu kontrollieren. Und so verwandeln sich jede Nacht alle Vogel-menschen, ob sie es wollen oder nicht in Menschen. Sie sammeln sich jeden Abend am Fuße des höchsten Berges und warten darauf, dass sich Cherima schlafen legt. Dann beginnen sie mit ihrer Arbeit im Innern des Berges. Sie arbeiten an ihren Forschungen, erfinden und bauen.

Auf der gesamten Oberfläche von Chartoriak wechseln sich Urwälder mit Graslandschaften ab. Hier und dort erheben sich Hügel oder Berge von vulkanischer Herkunft aus dem üppigen Grün, die Metallerze enthalten, welche wir für den Raumschiffbau benutzen.

Aus den Felsen sprudeln silberglänzende Quellen, deren Wasser die Hänge hinabfließt. Das kühle Nass bannt sich seinen Weg durch schmale Erdspalten bergab, bis es sich in vielen Senken sammelt und daraus meist grünliche Seen werden.

Hier tummelt sich am Tage eine farbenfrohe Gesellschaft von Vögeln. Sie ernähren sich von den Fischen der Seen, die es in Hülle und Fülle gibt. Die kleineren Vögel, das Baumvolk, können sich nicht verwandeln. Sie halten den Wald von schädlichen Insekten frei. Jeder frisst nur so viel, um den Bestand zu wahren.

Es ist eine ausgleichende Gemeinschaft, die von den Vogelmenschen die "Untervögel" genannt wird."

„Die Vogelmenschen haben am Tage größtenteils die Gestalten von Adlern, Kondoren, Habichten, Falken und Albertrossen. Nur sie können sich des Nachts verwandeln und besitzen menschliche Gehirne. Ihr Gefieder ist anders gefärbt als das ihrer Ahnen auf Terra.

Wir weißen Adler sind die Kundschafter und Wissenssammler des Volkes. Alles, was wir erfahren, müssen wir dem ältesten und weisesten Kondor melden. Er lebt schon seit Hunderten von Jahren auf Chartoriak und es sieht so aus, als würde er unsterblich sein.

Sein Name ist Karsar und sein olivgrünes Gefieder glänzt golden, wenn die Sonne darauf scheint. Die goldene Halskrause ist ein besonderes Zeichen seiner Würde und Weisheit. Er bewahrt das gesamte Wissen Chartoriaks. Längst hat er die Führung des Volkes Jüngeren überlassen, aber sein Rat wird bei jeder Entscheidung, die getroffen werden muss, eingeholt.

Als Mensch erscheint er uns meistens weißhaarig und mit einem Krückstock.

Sein scharfer Verstand überwacht alle Forschungsergebnisse. Er lobt die Erfolge, was jedem von uns neuen Auftrieb gibt. Es herrscht eine gewisse Hierarchie unter den Vogelmenschen, die notwendig ist, um unsere Forschungen zum Erfolg zu bringen.

Die Menschen eurer Erde würden uns Wissenschaftler nennen. Wir probieren vielerlei Dinge aus, die dem Nutzen der Gemeinschaft dienen sollen. Karsar hat uns gesagt, dass unsere Erbanlagen uns befähigen, extrem logisch zu folgern.

Unsere feinen Sinne erfassen Dinge wesentlich schneller als dies anderen Lebewesen möglich ist. Ansonsten reagieren wir auf äußere Einflüsse aber genauso sensibel wie ihr Erdmenschen. Angst, Liebe und Traurigkeit kennen wir ebenso sehr wie die Bewohner von Terra. Ich habe nur leider beobachtet, dass es bei euch einen ausgeprägten Hang zur Gewalt gibt, was uns auf Chartoriak fremd ist, denn unser Planet ist nur ein Achtel so groß wie eurer und die Anzahl der Bewohner im Verhältnis zu den Erdlingen gerade eine Handvoll. Wir hätten keine Zukunft, würden wir uns gegenseitig töten. So erschuf mein Volk eine Menge praktischer Geräte und gab sein Wissen an seine Nachkommen weiter. Wir hüten die Natur und die darin lebenden Wesen."

Cheriell sah die beiden Männer an. Sie begriffen anscheinend, denn sie nickten. Sie trank einen Schluck bevor sie fortfuhr, denn ihre Kehle wurde langsam trocken von dem ungewohnten langen Sprechen.

Joel und Bark warteten geduldig. Sie mussten das eben Gehörte erst einmal verarbeiten. Es klang so unwirklich, dass Joel sich fragte, ob er wachte oder träumte.

„Die Vogelmenschen haben im Laufe der Jahre viele nützliche Sachen erfunden. Ihre größte Errungenschaft war jedoch eine Maschine, mit der man ins All starten konnte, um fremde Planeten zu besuchen. Sie bauten ihre ersten Raumschiffe. Diese konnten dem enormen elektromagnetischen Druck standhalten, der entsteht, wenn man die Atmosphäre des Sterns verlässt und in eine andere Galaxie fliegen will. Ein spezielles Gas aus den Vulkanen Chartoriaks liefert uns den Treibstoff, um das Raumschiff anzutreiben. Außerdem konstruierte man kleinere Flugobjekte, mit denen es möglich war, das Mutterschiff zu verlassen, um gezielt auf kleinster Fläche zu landen. Mit so einem Shuttle bin ich hergekommen."

„Ganz alleine?", frage Bark dazwischen.

Cheriell musste über sein erstauntes Gesicht lächeln.

„Ja, ich bin die einzige Kundschafterin auf der Erde. Die Adlerstaffel wurde einzeln auf verschiedene geeignete Planeten geschickt. Das Mutterschiff hat mich bis in diese Galaxie gebracht. Es durfte nicht allzu nahe an den Planeten herankommen, denn eure Satelliten hätten es sonst bemerkt. Das Shuttle wirkt dagegen auf den Kontrollschirmen wie ein Stückchen eines glühenden Kometen. Es ist so schnell, dass eure Geräte es nicht lange verfolgen können. Ich bin sogar sicher, dass man mich nicht beachtet hat."

„Wo ist denn dein Shuttle jetzt, Cheriell", wollte Joel wissen.

„Ach, ich bin dummerweise im Meer gelandet. Es ist versunken. Ich konnte mich zum Glück an den Strand retten bevor ich wieder zum Adler wurde. Sonst wäre ich ertrunken, denn das Salzwasser hätte mein Gefieder verklebt. Seitdem warte ich auf ein telepathisches Zeichen aus dem Universum, das mir sagt, dass meine Leute in der Nähe sind. Aber bisher konnte ich noch nichts empfangen."

Cheriell senkte den Blick und schwieg einen Moment. Verzweiflung spiegelte sich auf ihrem Gesicht.

„Ich fühle mich sehr einsam hier. Ich bin verzweifelt, denn ich werde meinen Auftrag nicht erfüllen können, weil ich das Shuttle verloren habe und nun auch noch verletzt bin."

„Was hattest du denn für einen Auftrag?"

Joel betrachtete mitleidig die zarte zusammen gesunkene Person vor sich. Am liebsten hätte er sie tröstend in die Arme geschlossen.

Cheriell erzählte ihm nun von ihrer intensiven Suche nach einem annehmbaren Platz zum Leben auf der Erde für das Volk der Vogelmenschen und der drohenden Gefahr der Zerstörung ihres Heimatplaneten.

Joel wurde nachdenklich.

Welche Gegend würde sich überhaupt eignen? Eigenartig. So hatte er sich nie eine Begegnung mit einer dritten Art vorgestellt.

Er verspürte ein dringendes Bedürfnis, ihr zu helfen, war aber ebenfalls ratlos.

„So bist du also an unseren Strand gekommen und hast Barks Sohn Trevers gerettet", schloss Joel aus ihrer Erklärung.

Cheriell blickte zu dem anderen Mann und nickte, während sie sich mit der linken Hand eine Haarsträhne aus dem Gesicht strich.

„Richtig, man sieht die Ähnlichkeit zwischen dir und dem Jungen, der niedergeschlagen wurde. Du bist sein Vater?"

„Ja, und ich danke dir, dass du ihm geholfen hast. Er wird den Anschlag vermutlich gut überstehen, aber seine Freundin ist sofort tot gewesen. Das wird ihm schwer zu schaffen machen, wenn er aufwacht."

Bark sah ihr in die grünen Augen und für einen Moment dachte er wieder den Adler vor sich zu haben. Aber sogleich erkannte er in diesen Smaragdaugen auch das Wissen um das tiefe Leid, das sie zu spüren vermochte.

„Du wirst ihm beim Vergessen helfen müssen", erwiderte sie sanft, während sie ihm einen Blick zusandte, den er allerdings schon fast wie einen Befehl empfand.

Er senkte den Kopf und nickte seufzend.

Die Umwandler

Während dieser Unterhaltung gab es zur gleichen Zeit weit entfernt auf einem dunklen Planeten der dreizehnten Galaxie massive Vorbereitungen, um den blauen Planeten Terra zu erobern.

Die gasförmigen Wesen dieser Welt, sie nannten sich selbst die Metaplasmusen, besaßen eine bösartige Intelligenz. Sie lebten auf der Oberfläche des Sterns Malepartus und bedeckten ihn fleckenweise mit ihrem rötlich schimmernden Gas, zwischen dem wilde Blitze umherjagten.

Tiefes Grollen erfüllte diese düstere Welt. Ein Grollen, das von Furcht und Tod sang.

Auch wenn man nicht vermutete, dass es sich um einzelne Kreaturen handelte, diese Gaspartikel formten sich jeweils zu einem Unikum in eine Masse, um ihr Dascin zu beweisen.

Sie waren fähig, jede nur mögliche Gestalt anzunehmen, was ihre Gefährlichkeit noch erhöhte. Sie konnten außerdem in andere Körper schlüpfen und die Sinne dieses Lebewesens beherrschen.

Ihre Gedanken waren skrupellos und sie fühlten weder Mitleid noch Schmerz. So wurden aus den von ihnen benutzten Wesen, auch wenn sie einst noch so sanftmütig waren, brutale kalte Killer.

Der Mettius, wie sich ihr oberster Führer nannte, beherrschte jeden von ihnen wie ein Diktator. Er schickte seine Gesandten aus und wo immer einer von ihnen im Universum auf andere Lebensformen stieß, versuchte er diese zu unterdrücken.

Die Metaplasmusen hatten vor einiger Zeit den blauen Planeten in der entfernten Galaxie entdeckt. Zu ihrer Überraschung fanden sie dort nicht nur eine reichliche Vegetation vor, sondern auch intelligente Lebewesen.

Sicarius und Nitesco bekamen von dem Mettius den Befehl, sich der Gestalt der Menschen zu bedienen, um unentdeckt die Lebewesen der Erde zu beobachten. Sie sollten nach Schwachstellen suchen, an denen die Metaplasmusen ansetzen konnten, um Terra zu unterwandern.

Bald stellte Sicarius fest, dass die Menschen zu allerlei Laster neigten, die ihre Körper schwächten. Andererseits gelang es den beiden Außerirdischen nicht, das Gehirn eines Menschen total zu beherrschen wie es bei den meisten anderen Wesen der verschiedenen Planeten, die sie besucht hatten, der Fall gewesen war. Sie konnten einen Menschen nur minimal beeinflussen.

Für den Mettius war dies nicht zu akzeptieren. Er befahl Latro, seinem engsten Diener, sich zu Sicarius und Nitesco zu gesellen, um einen Weg zu finden, wie man die menschliche Rasse unterwerfen könnte.

Latro erschlich sich in Gestalt eines Priesters das Vertrauen verschiedenster Leute.

Irgendwann fand er heraus, dass der Gebrauch von Drogen bestimmte Menschen extrem veränderte, so dass diese nicht mehr wussten, was sie taten. Darin sah er eine Chance für die Metaplasmusen. Er meldete seine Erkenntnis dem Mettius, der daraufhin auf Malepartus eine synthetische Droge entwickeln ließ, die den Willen des Lebewesens, welches diese Droge nahm, völlig ausschalten sollte.

Nitesco, der fette Mann, wie er überall genannt wurde, freundete sich mit einem kubanischen Dealer namens Mancho an. Gemeinsam brachten sie die Droge, die sie "Dif-Fingo" nannten, in der Unterwelt von Los Angeles in den Umlauf. Die vor Leben pulsierende Stadt war der ideale Ausgangspunkt für ihr Vorhaben.

Mancho, der viel Erfahrung im Verbreiten einer neuen Droge besaß, bot mit Geschick die neue Droge zuerst als Aufputschmittel in Prominentenkreisen an. In kleinen Dosen hatte diese durchaus die entsprechende Wirkung. Erst bei fortschreitender Sucht und regelmäßigem Gebrauch, schaltete sie fast unbemerkt das eigene Denken komplett aus.

Nach einigen Wochen war in Insiderkreisen bereits bekannt, dass man diese Droge nur bei Mancho erwerben konnte, der durch den großen Zulauf an Kunden ein riesiges Geschäft witterte.

Schlau wie er war, vermied er selbst den Kontakt mit "Diffi", wie er sie kurz nannte. Er hatte schon begriffen, dass Diffi nicht so ungefährlich war, wie Nitesco es ihm weismachen wollte. Seine Stammkunden veränderten sich auf eine ihm unbegreifliche Weise. Sie stumpften zunehmend ab und begannen gleichgültig zu werden. Aber solange er daran verdiente, war es ihm egal. Hauptsache, die Kasse stimmte.

Mancho versuchte, so wenig wie möglich mit Nitesco in Kontakt zu kommen. Der fette Drogenhändler jagte ihm, den sonst wirklich nicht zimperlichen Kubaner, Schauer über den Rücken. Bisher war niemand dahinter gekommen, woher er seine Drogen bezog.

Mancho beschloss für sich, diese Situation solange auszunutzen, bis es ihm zu gefährlich wurde. Dann würde er sich mit einem Haufen Geld im Gepäck nach Kuba absetzen. Seinen falschen Pass hatte er schon seit Langem für alle Fälle in der Tasche.

Er wusste nicht, dass sein Priester, den er regelmäßig als streng Gläubiger besuchte, zu der Gruppe der Metaplasmusen gehörte, welche die Erde in den Abgrund stürzen wollte. So fand er nichts dabei, seine Dealerei dem Geistlichen zu beichten, der somit in ihm einen ausgezeichneten Informanten über die Fortschritte des Verteilens hatte.

Seit zwei Stunden nun schon klapperte Antonio jede der flimmernden Discos in der Umgebung der Strandpromenade und der Seitenstraßen ab, ohne konkrete Hinweise über den Mord an Linda McCoy gefunden zu haben.

Zum Zeitpunkt des Mordes schien kein Mensch auf der Promenade gewesen zu sein. Dabei standen nach Marks Angaben bei seinem Eintreffen schon mindestens zwanzig Leute um die Leiche und den Verletzten herum. Einige der Befragten waren gute Bekannte von Antonio. Sie hatten während seiner Freizeit des Öfteren ein Bier mit ihm getrunken und ihn mehrmals bei der Aufdeckung von Verbrechen durch ihre unauffälligen Tipps unterstützt. Diesmal allerdings brachte nicht einmal die Erwähnung eines Honorars etwas aus ihnen heraus. Er lief gegen eine Wand des Schweigens.

Antonio, der jetzt in Gedanken versunken gegen eine Häuserwand lehnte, seufzte. Er beschloss, ins Präsidium zu fahren, um zu sehen, ob Mark weitergekommen war. Ein gutgekleideter Mann Mitte vierzig kreuzte seinen Weg. Mit einem Blick auf Antonios Lederkluft blieb er stehen und legte ihm seine Hand auf den Arm.

Er sprach ihn in gebrochenem Amerikanisch an. Seine Stimme hatte einen ausländischen Klang, die Antonio sofort südlich einordnete.

„Du siehst müde aus, Amigo. Ich dir helfen könnte, wenn du ein paar Dollar übrig. Du verstehen?"

‚Oha', dachte Antonio, ‚vermutlich ein Drogendealer und dann so gut gekleidet. Scheint von der höheren Sorte zu sein.' Er tat interessiert.

„Ist eine gute Idee, Kumpel", antwortete er, „was hast du denn zu bieten?"

„Nicht hier", flüsterte der Mann und zog ihn um die Häuserecke.

Dort standen sie vor den Blicken vorbei gehender Passanten geschützt zwischen gestapelten Kisten, die am nächsten Morgen von der Straßenreinigung abgeholt werden sollten. Der Dealer zog ein kleines weißes Päckchen aus der Tasche.

„Hier für hundert Dollar ein neues Mittel zum Wachbleiben. Du fühlst dich wohl und brauchst sechsunddreißig Stunden nicht schlafen. Excelente, Amigo, excelente!"

„Wie viel sagst du, kostet das Zeug?", fragte Antonio in einem bewusst uninteressierten Ton, um den Verkäufer hinzuhalten.

„Hundert", wiederholte dieser den Preis und schaute sich lauernd in alle Richtungen um.

Bewusst zögerte Antonio und schüttelte dann den Kopf. „Zu teuer!"

„Na gut, na gut", sagte der Mann eifrig, „für dich einen Sonderpreis, wenn du mir noch einen Kunden zuspielst. Neunzig, auch wenn ich dabei Verlust mache. Aber vergesse nicht, ich will einen zweiten Käufer."

„Achtzig!", erwiderte Antonio betont langsam, „Ich hätte eventuell jemanden, der an dem Zeug interessiert sein könnte. Wie heißt das Zeug eigentlich?"

„Oh, wir nennen es DIFFI. Glaub mir, absolut ungefährlich, keine Alpträume wie beim LSD, nur schöne Gedanken und Power im Blut. O.k., du nehmen?"

„Gut, ich probiere es aus. Aber wehe dir, du betrügst mich." Antonio sah ihn herausfordernd an.

„Nein, nein, nein, Mancho betrügt doch nicht guten Freund. Was glaubst du von mir?", beteuerte Mancho schnell. Er biss sich auf die Lippen. Seinen Namen hätte er normalerweise gar nicht erwähnen wollen. Mist! Jetzt war es zu spät.

Zügig übergab er Antonio das winzige Päckchen und nahm dafür die achtzig Dollar von ihm.

„Wir uns treffen nächsten Dienstag Mitternacht am Strand. Du kennen breiten Strand beim Volleyball Courts?", verkündete er.

„Ja, die *Will Rogers Beach*. Ich weiß, wo sie liegt."

„Gut, um Mitternacht. *Will Rogers Beach* neben Sportgebäude, neue Lieferung für deinen Freund, o.k.?", brummte der Fremde mit dem Namen Mancho und verschwand ohne weitere Worte um die Ecke.

Antonio betrachtete das kleine Päckchen in seiner Hand. Hatte Mark nicht etwas von einem weißen Päckchen gesagt, welches im Zusammenhang mit dem Überfall gesehen worden war?

Er ging zu seiner Harley und schwang sich darauf, um das Päckchen ins Labor zur Untersuchung zu bringen. Danach wollte er mit Mark sprechen.

Antonio hatte gerade die Hauptstraße erreicht, als er einen Menschenauflauf auf der anderen Seite des Bürgersteigs bemerkte.

‚Was ist da wieder los?‘, überlegte er genervt. Als er sich durch die Menge gekämpft hatte, sah er auf dem Boden einen Mann liegen. Die Augen waren verdreht und er rührte sich nicht. Neben ihm kniete eine dicke Frau, die offensichtlich zur Szene gehörte. Ihre knallrot gefärbten Haare hingen ihr wirr am Kopf.

Der kurze billige schwarze Kunststoffrock entblößte erbarmungslos ein paar schwammige Oberschenkel. Sie kreischte hysterisch einen unverständlichen Namen, während sie den Mann immer wieder schüttelte.

Antonio kniete ebenfalls nieder und versuchte den Puls am Hals zu ertasten. Wie er vermutet hatte, war dem nicht mehr zu helfen. Der Mann war tot.

Neben ihm sagte eine andere Frau, die Antonio als Besitzerin der dort befindlichen Kneipe kannte, dass sie schon einen Krankenwagen gerufen hätte.

„Gut", knurrte er, der sich plötzlich absolut hilflos fühlte.

Er wartete noch auf den Krankenwagen und gab sich der Crew zu erkennen. Er bat sie, Captain Terry zu benachrichtigen, da alles darauf hindeutete, dass der Mann einen Drogentod erlitten hatte. Man musste eine Obduktion durchführen. Besonders das verzerrte Gesicht und die herausgequollenen Augen hatten Antonio erschreckt.

Die Sache musste auf jeden Fall untersucht werden, denn Antonio hatte auf dem Hemd-kragen Spuren weißen Pulvers bemerkt, das er mit einer kurzen Bewegung seiner Finger-nägel abgekratzt hatte. Um diese Spur von einem Pulver nicht zu verlieren, zog er sich nun vorsichtig seinen Handschuh über die linke Hand, bevor er wieder auf die Maschine stieg.

Eine Befragung der Umstehenden ersparte er sich lieber. Die meisten der Leute waren schon kurz nach dem raschen Eintreffen des Krankenwagens verschwunden. Der Rest war entweder betrunken oder bekifft.

Antonio machte sich keine Hoffnung auf konkrete Informationen. Es war eben nur ein Drogentoter wie seit einigen Monaten des Öfteren in dieser Gegend.

Es war schon eigenartig, früher war dieser Bereich fast clean gewesen.

Wo kam plötzlich so viel Stoff her?

Eigentlich hätten sie das Drogendezernat einschalten müssen, aber zuerst wollte er mit Mark darüber reden.

Antonio traf Mark in einem Wust von Karteien an, die weit verstreut auf seinem Schreibtisch lagen.

„Na, schon fündig geworden", begrüßte er den sichtlich genervten Kollegen.

„Nein", antwortete Mark, „aber ich habe auch noch nicht alle durch. Wenn man sieht, wie viele Verbrecher in unserem Land frei herumlaufen, kriegt man das kalte Grausen."

„Und wenn du die freischaffenden Drogen-dealer und nicht erwischten Mörder dazu zählst, kannst du überlegen, ob du deinen Job am besten an den Nagel hängst wegen Misserfolgs", konterte Antonio.

„Wie kommst du denn jetzt darauf?", wollte Mark wissen.

„Das hier ist mir angeboten worden von einem feinen Herrn", er hielt ihm das Päckchen mit der Diffi-Droge hin. „Was meinst du wohl, was das ist?"

Mark betrachtete das Päckchen und roch an dem Pulver.

„Hm, riecht nicht direkt nach Rauschgift. Eigentlich mehr nach, wie soll ich sagen? ...Plastik? Könnte eine synthetische Droge sein, wenn es wirklich Stoff ist. Was war das für ein Typ, der es dir gegeben hat?"

Antonio beschrieb ihn und erzählte von seiner vergeblichen Suche nach Hinweisen und dem plötzlichen Auftauchen des Mannes, der sich Mancho genannt hatte. Zum Schluss berichtete er Mark noch von dem Toten.

„Am besten ist, wir bringen den Stoff und meinen Handschuh samt Inhalt gleich ins Labor. Ich gehe mal gleich hinunter. Bin sofort wieder da, Mark."

Mark wandte sich erneut seiner unerfreulichen Arbeit zu, als in diesem Moment das Telefon klingelte.

„Captain Mark Terry am Apparat!", brummte er ins Telefon, während er weiterblätterte.

„Hallo Mark? Ich bin´s, Joel!", kam die bekannte Stimme seines Freundes durch die Leitung.

„Joel, du willst sicher wissen, ob wir weitergekommen sind, was? Leider haben wir noch nichts Konkretes herausgefunden, außer dass Antonio Stoff angeboten wurde."

„Na ja", hörte er Joel sagen, „das war eigentlich nicht der Hauptgrund, warum ich dich anrufe. Ich wollte dir mitteilen, dass Cheriell wieder aufgetaucht ist."

„Was?" Mark zuckte unwillkürlich zusammen. Diese Nachricht hatte er am wenigsten erwartet. „Wo war sie denn? Hast du sie festgehalten?"

„Ja, sie ist noch hier bei mir in der Wohnung. Sitzt du?", fragte Joel.

„Was soll denn die Frage? Ja klar, ich sitze", Mark schüttelte verständnislos den Kopf.

„Sie war der weiße Adler, Mark!"

„Spinnst du? Für Scherze bin ich zurzeit nicht allzu gut aufgelegt."

Er wollte wissen, wie es Cheriell ging und Joel riss Witze. Das war er von seinem ernsthaften Freund nun gar nicht gewohnt.

„Glaube mir, Mark. Es stimmt. Bark ist mein Zeuge. Sie war der weiße Adler. Vielmehr ist sie es wohl bald wieder. Sie ist ein außerirdisches Vogelweibchen, das sich während der Nacht in einen Menschen verwandelt."

Mark gab es auf. Die Beiden hatten sich wahrscheinlich dermaßen am irischen Whisky vergriffen, dass sie kurz vor dem Delirium standen. „Hör zu, Joel. Schlaf erst mal deinen Rausch aus und morgen werden wir weiter sprechen, ok? Ich habe noch reichlich Arbeit vor mir und bin im Moment völlig erledigt."

„Mark!", rief Joel. „Komm her und überzeuge dich selbst. Sie hat sogar den gebrochenen Arm mit dem Verband von Antonio. Cheriell ist hier. Warte, ich gebe sie dir. Bleibt mal eben dran."

Mark stöhnte auf, aber behielt den Hörer in der Hand. Eigentlich hätte er auflegen wollen, aber die Neugierde darüber, ob Joel tatsächlich Cheriell ans Telefon holte, siegte und so horchte er in den Hörer.

Im Hintergrund war ein undeutlicher Wortwechsel zu hören.

„Hallo?", ertönte schließlich leise eine Stimme an sein Ohr.

Mark blieb fast das Herz stehen, als er sie erkannte.

„Cheriell, bist du es wirklich?" Automatisch duzte er sie.

„Ja, ich bin es", antwortete sie. „Ich bin hier in der Wohnung von Joel. Kommst du her?"

„Ich kann im Moment nicht, Cheriell. Aber bleib bitte bei Joel. Da bist du sicher. Wie geht es dir denn? Und wo warst du solange? Ich habe mich schrecklich um dich gesorgt."

„Ich hatte Angst, als ich aufwachte und bin geflohen. Aber jetzt geht es mir besser. Nur mein Arm schmerzt noch."

„Dein Arm?", fragte Mark irritiert.

„Er ist doch gebrochen. Du weißt doch, Joel hat mich gerettet und mitgenommen. Dabei wollte ich mir nur den großen Fisch fangen."

Mark schluckte und zwinkerte mit den Augen. „Jetzt mal ganz langsam. Du willst mir doch nicht den gleichen Quatsch wie Joel erzählen, dass du der weiße Adler bist, oder?

„Doch, ich habe Joel und Bark meine Geschichte schon erzählt. Es würde jetzt zu lange dauern, alles zu wiederholen."

‚Vermutlich', dachte Mark resigniert.

„Du bist also tatsächlich der weiße Adler gewesen?", fragte er nach kurzem Schweigen. Er fasste sich an die Stirn. ‚Werde ich langsam verrückt oder die anderen?'

„Ja, das war, das bin ich. Ach, ich kann das nicht auf die Kürze erklären."

„Ok., Cheriell." Er versuchte seiner Stimme einen festen Klang zu geben. „Gestern habe ich nicht alles verstanden, was du über den Tätowierten gesagt hattest. Wir haben eine Menge Bilder von Drogenverbrechern in unserer Kartei. Es wäre hilfreich, wenn du ins Präsidium kommen würdest. Vielleicht erkennst du einen von den Kerlen. Bitte Joel, dich herzufahren."

Cheriell versprach zu kommen. Mark hörte sie mit Joel reden.

„Mark? Joel bringt mich zu dir. Wir sehen uns dann."

Als sie aufgelegt hatte, sank Mark in seinen Stuhl zurück. Es war alles so unfassbar, dass er immer noch nicht recht daran glauben konnte.

„Bleib ganz cool, mein Alter", murmelte er. „Für alles gibt es eine Erklärung." Das hatte man ihm schon auf der Polizeiakademie eingebläut und bisher hatte es sich auch bewahrheitet.

In diesem Moment kam Antonio zurück. Er stutzte, als er den Freund so dasitzen sah.

„Hast du einen Geist gesehen? Oder was ist mit dir los. Du siehst ja ganz bleich aus."

„So ähnlich", sagte Mark. „Cheriell ist wieder aufgetaucht, bei Joel in der Wohnung."

„Oh Mark, wer wird denn gleich eifersüchtig sein? Sei froh, dass du dir keine Sorgen mehr um sie machen brauchst!"

„Sie ist der Adler!", erklärte Mark fast tonlos. Antonio konnte sich nicht beherrschen und prustete los vor Lachen. Er hatte Mühe, sich zu beruhigen, schaffte es aber dann doch, als er Marks ernsten Blick sah.

„Das war dein Ernst?", fragte er ungläubig. „Echt jetzt?"

„Ja, sie hat es mir gerade am Telefon bestätigt. Sie ist der weiße Adler, der sich nachts in eine Frau verwandelt und .... außerirdisch!"

„Whow ...!", stieß Antonio aus. „Das ist ja irre. Das muss ich unbedingt sehen."

„Ja, ich ebenfalls, aber vorher haben wir hier noch eine Menge zu erledigen. Sie hat sich mit Joel auf den Weg hierher gemacht. Also werden sie in knapp einer Stunde hier sein. Wann bekommen wir den Bericht über die Droge?"

„In einer halben Stunde. Ich helfe dir solange beim Sortieren der Kartei, ja? Ein Adler, du liebst einen Adler. Ich könnt mich beölen."

Antonio grinste ganz unverschämt. Mark zog es vor, sich nicht zu den Bemerkungen zu äußern. Er machte sich seine eigenen Gedanken.

Flucht von Chartoriak

Der Planet Chartoriak lag im Schatten des Skarabäus, dem nahen Substern der Sonne Cherima. Er näherte sich in seiner Umlaufbahn stetig der Sonne, so dass es nur noch eine Frage der Zeit war, bis er verödete. Immer häufiger traten Beben auf, bedingt durch die laufend zunehmende Erwärmung.

Die seismographischen Geräte auf Chartoriak verzeichneten nun seit zehn Dekaden ununterbrochen unterirdische Bewegungen der Felsmassen. Damit war für die Wissenschaftler klar, dass der einst feste Untergrund sich verflüssigte. In der letzten Dekade hatte man kaum eine Pause zwischen den einzelnen Beben verzeichnen können. Bald würde der Planet ohne Rücksicht auf seine Bewohner auseinanderbrechen. Die Oberfläche war schutzlos den brennenden Strahlen Cherimas ausgesetzt. Ein Großteil der Pflanzen vertrocknete. Viele der ungeschützten Untervögel waren schon gestorben und die Wasserläufe versiegten zunehmend. Sie befanden sich in einer verzweifelten Situation.

Die Chartorianer hatten zwar über einige Flächen Schutzkuppeln errichtet, aber was dort noch wuchs, reichte bei weitem nicht für alle. Immer mehr der Vögel verhungerten oder verdursteten, besonders bei der Gattung der Untervögel gab es inzwischen riesige

Verluste. Außerdem schwächten die Beben die Stabilität der schützenden Überbauten.

Trontan stand in einer dieser Kuppeln auf einer Anhöhe knapp vor einem Waldstück und grübelte. Sie mussten die Bevölkerung endgültig zur Evakuierung vorbereiten. Die Katastrophe ließ sich nicht mehr abwenden. Chartoriak würde bald nicht mehr sein.

Entschlossen rief er seinen Beratungsstab zusammen. Auch den alten Kondor Karsar ließ er holen. Dessen Meinung musste unbedingt gehört werden.

Der weise Karsar riet zum Aufbruch. Er wusste nur allzu gut, dass jedes Zögern eine Gefahr für die Vogelmenschen bedeutete. So wurde der Beschluss einstimmig gefällt.

Noch in der gleichen Nacht, bevor sie sich wieder in Vögel verwandelten, wollten sie alle Vogelmenschen Chartoriaks zusammenrufen, um die Raumschiffe startklar zu machen. In der darauf folgenden Nacht würden sie aufbrechen. Die Berater um Trontan herum hatten beschlossen, unterschiedliche Sonnensysteme anzufliegen, in denen man die Adlerkundschafter abgesetzt hatte. So konnten sie herausfinden, ob es irgendwo einen Planeten gab, auf dem man sich niederlassen konnte. Der größte Teil der Vogelmenschen sollte vorerst auf den Interstellaren Transportern bleiben, die gleich einer Arche umgebaut worden waren. Wenn sich alle an der Suche direkt auf den fremden Planeten beteiligt hätten, würde es den Erfolg nur unnötig verzögern.

Einige der besonders gut ausgebildeten Kundschaftergruppen schickte man in wendigen Shuttles los, um mit den vorher ausgesandten einzelnen Adlern Kontakt aufzunehmen.

Trontans Söhne Arkus und Aello flogen mit acht Begleitern zur Erde. Trontan selbst musste die demoralisierten Einwohnern Chartoriaks, die sich jetzt auf den verschiedenen Raumschiffen befanden, ermutigen die Hoffnung nicht aufzugeben. Vor allem mussten sie die vielen Untervögel und andere Tiere in Volieren und Käfigen, die sie mitnahmen, betreut und gefüttert werden. Eine Organisationsaufgabe mit hohem Aufwand für alle, denn diese Tiere waren ihnen genauso wichtig wie jeder der Vogelmenschen.

So machte sich Arkus mit seinem jüngeren Bruder Aello und einigen Gefährten in der Abenddämmerung in Menschengestalt auf den Weg zum blauen Planeten, um die weiße Adlerkundschafterin Cheriell zu suchen.

Ihr wendiges Shuttle glänzte silbern, als es mit Hyperkraft aus dem Bauch des Mutterschiffes startete und innerhalb von Sekunden aus der Galaxie verschwunden war.

Sie mussten einen Großteil der Strecke hinter sich gebracht haben, bevor sie beim Aufgang der Sonne wieder zu Vögeln wurden und für eine gewisse Zeit zur Untätigkeit verdammt waren.

Sie kamen schneller voran als vermutet. Kurz vor Sonnenaufgang der Erdensonne erblickten sie in der neuen Galaxie das schimmernde Blau des Planeten Erde.

Arkus befahl, die Maschinen zu stoppen, um erst einmal zu ruhen. Sie durften sich jetzt noch nicht zu nahe heranwagen, denn als Vögel waren sie wehrlos gegen die Menschen.

Es war Arkus nicht bekannt, wie weit die menschliche Rasse in ihrer Technologie gekommen war. In Pilotenberichten des Schiffes, welches Cheriell abgesetzt hatte, war etwas von vielen Satelliten vermerkt, welche die Erde umkreisen. Arkus vermutete ein Sicherheitssystem.

Cheriell war offensichtlich unbemerkt hindurchgeschlüpft. Aber ihr Shuttle war auch winzig im Verhältnis zu ihrem. Sie würden einen Weg finden, das wusste er. Nicht umsonst hatte er sein bisheriges Leben mit Forschungen und Entwicklungen verbracht, die seinem Volk nützlich waren. Auch in dieser Lage würde ihm etwas einfallen.

Während der Ruhepause würde er versuchen, Cheriell mit seinen telepathischen Kräften zu erreichen. Er bat Aello, ihn dabei zu unterstützen.

So sanken sie nebeneinander auf den Boden, den Kopf zwischen die Flügel gesteckt und versanken in Trance.

Überraschende Erkenntnis

Der silberne Mercedes stand bereits im Parkhaus des Präsidiums.

Joel brachte Cheriell zusammen mit Bark in das Büro von Mark.

Da die Nacht inzwischen fortgeschritten war, wurden sie nur vom Wachposten am Eingang bemerkt. Er rief bei Mark zurück und ließ sie dann durch.

Antonio riss die Augen auf, als er das zarte Mädchen erblickte. Jeder Spott, den er sich für ihr Erscheinen aufgespart hatte, blieb ihm im Halse stecken. Schüchtern sah sie sich im Raum um, bevor sie ganz langsam auf Mark zuging.

Mark holte tief Atem.

„Hallo Cheriell", begrüßte dieser sie sanft, während er ihr in die schimmernden Augen sah. ‚Was für eine Frau.'

„Hallo Mark", erwiderte sie leise. Die Gegend, das geschlossene Zimmer und die darin anwesenden Personen bedrückten sie. Sie war an Freiheit, Licht und Luft gewöhnt. Diese Atmosphäre schnürte ihr den Hals zu.

Mark räusperte sich.

„Darf ich dir Antonio, meinen Partner, vorstellen?" Er wies auf den Italiener.

„Ich bin entzückt." Antonios Kehle fühlte sich trocken an, verlegen strich er sich durch sein Haar. Er, der jeder Frau normalerweise den Kopf innerhalb von Sekunden verdrehte, war plötzlich wie gelähmt beim Anblick solch einer natürlichen Anmut und Schönheit.

Mark nahm Cheriell beim Arm und zeigte ihr den Katalog der Bilder von den bekannten Dealern.

Antonio beobachtete sie verstohlen. Seine Überraschung hielt noch an. So hatte er sie sich nicht vorgestellt. Dieser zierliche Knochenbau und ihre anmutigen Bewegungen. Es erinnerte ihn an ein Bild in der Wohnstube seiner Eltern, das Elfen im Wald darstellte. ‚Fehlen nur noch die spitzen Ohren‘, dachte er und lächelte verschmitzt in sich hinein.

Mark versuchte sich krampfhaft auf die Tatsachen seines Falles zu konzentrieren. ‚Nur nicht ablenken lassen.‘ Die Sache mit Cheriell konnte er später noch klären. Zuerst war es wichtig, an dem Mordfall zu arbeiten. Das war er vor allem Bark schuldig.

„Erkennst du jemanden von diesen Männern wieder? Sieh sie dir gut an und lass dir Zeit."

Er zeigte ihr Bild für Bild, aber sie schüttelte jedes Mal den Kopf.

Plötzlich stutzte sie und wies auf einen Typen mit einer Narbe auf der rechten Wange.

„Dieser war dabei, da bin ich ganz sicher."

Nun beugten sich alle vier Männer über das Foto.

„Steven Chambell", knurrte Antonio, „den kenne ich. Diebstähle, Raufereien, wurde schon mit kleineren Mengen Speed erwischt. Eigentlich ein kleiner Fisch."

„Weißt du, ob er eine Tätowierung hat?",
fragte Mark.

„Nicht, dass ich wüsste. Aber so was kann
man sich heutzutage ja ohne weiteres
zulegen."

„Ja, da hast du Recht", stimmte ihm Mark zu.

„Er ist aber nicht der Typ, den ich meine zu
kennen."

Cheriell hatte inzwischen weitergeblättert.

„Hier, dieser große Mann war auch dabei. Er
trug die Bilder von der Schlange mit dem
Kreuz auf dem Arm!"

„Richtig, das ist er", stieß Mark überrascht
aus. „Den habe ich gesucht. Marvin Domingo,
sieh mal einer an. Einen anderen Namen hat
er sich auch zugelegt. Mir ist der Name, unter
dem ich ihn kenne, gerade eingefallen. Mikos
Dorien war er. Er hatte dicke Dinger mit dem
Stoff gedreht und reichlich davon in Umlauf
gebracht bevor wir ihn geschnappt haben.
Mich wundert nur, dass er auf freien Fuß ist."

„Hat er nicht zehn Jahre gekriegt?" Antonio
runzelte die Stirn.

„Ja", bestätigte Mark ihm, „und davon sind
aber erst höchstens zwei herum. Wieso ist er
draußen, das frag ich mich? Versuch doch
mal herauszukriegen, Tony, wo er inhaftiert
war und ob er vielleicht ausgebrochen ist."

Antonio machte sich sogleich an die Arbeit.

Cheriell hatte den Ausführungen Marks wortlos zugehört. Sie war sehr verwirrt. Auf ihren
Erkundungen hatte sie viel über die

Menschen erfahren, aber was das Wort Droge bedeutete, wusste sie nicht.

So verstand sie auch den Sinn des Tuns der drei Männer nicht, die offensichtlich die lederbekleideten Gewalttätigen kannten. Sie sah von einem zum anderen und hätte zu gerne ein paar Fragen gestellt. Doch Bark und Joel diskutierten über die Masse der Fotos, die vor ihnen lagen und über die immer schlechter werdende Welt.

Antonio war in den Nebenraum gegangen, der mit einer Glasscheibe von Marks Büro getrennt war. Mark saß, den Kopf in die Hände vergraben, am Tisch über den verstreuten Fotos und grübelte.

Ganz langsam setzte sich Cheriell neben ihn und strich ihm mit einer Hand über den Kopf. Erstaunt blickte er auf und sah ihr in die fragenden Augen.

„Entschuldige Cheriell", Mark klang müde, „das muss dir alles sehr eigenartig vorkommen, aber dies ist erst der Anfang unserer Ermittlungen. Ich habe das Gefühl, dass noch sehr viel mehr Leute hinter dieser Sache stecken." Sie nickte. „Kannst du mir erklären, was Drogen sind?", fragte sie.

Mark war überrascht über diese Frage, aber dann erklärte er ihr sehr ausführlich die Wirkung und die Zusammenhänge der Vorkommnisse mit den Drogen. Endlich konnte Cheriell sich ein Bild von der ganzen Situation machen. Sie verstand, was ihn bedrückte.

„Ich wünschte, ich könnte dir helfen", meinte sie aufrichtig.

„Du hilfst mir am meisten damit, wenn du bei Joel bleibst, wenn ich nicht da bin. Denn wir wissen immer noch nicht, ob dich nicht einer dieser Leute gesehen hat. Diese bösen Menschen sind dazu fähig, dich zu töten, wenn sie dich als Augenzeugin erkennen."

„Ich kann sowieso nicht weg!" Cheriell wies auf ihren verletzten Arm.

Fast hätte Mark vergessen, wer sie sein sollte. Diese Geste erinnerte ihn an Joels Worte, dass sie ein Vogelmensch von einem fremden Planeten war. Instinktiv rückte er ein wenig von ihr ab.

„Cheriell", begann Mark behutsam, „vielleicht ist es jetzt nicht gerade der rechte Zeitpunkt, aber stimmt es wirklich? Du weißt schon, die Sache mit den Außerirdischen und der Verwandlung in einen Adler."

„Ja, es stimmt, Mark", bestätigte sie zögernd. Ihr war wohl bewusst, dass in Mark ein Kampf stattfand zwischen Abscheu und Zuneigung. Leider konnte sie ihm nicht dabei helfen, ihn zu überwinden. Das war ganz allein seine Sache. Schließlich bat er sie, ihm ihre Geschichte in groben Zügen zu erzählen.

Was sie dann auch tat. Antonio war inzwischen wieder zurück und setzte sich zu ihnen. Und auch die anderen Beiden verstummten in ihrem Gespräch, als Cheriells sanfte Stimme wiederholte, was sie ihnen bereits anvertraut hatte.

Schließlich wurden sie von einem Kollegen aus dem Labor des Präsidiums unterbrochen, der sich entschuldigte, dass die Untersuchungen doch länger gedauert hatten.

Der hatte herausgefunden, dass die Droge keiner glich, die bisher bekannt war. Es befand sich eine Substanz darin, die nicht zu identifizieren war. Dergleichen hatte er noch nie gesehen und er war viel herum gekommen.

Vermutlich synthetisch hergestellt, aber aus welchen Material? Er hatte keine Ahnung, aber sie war mit Sicherheit synthetisch.

Mark bedankte sich und blickte ratlos von einem zum anderen. Er warf den Beutel mit dem Stoff auf den Tisch. Dabei funkelte sein Inhalt zart rosa.

Cheriell riss die Augen auf.

„Die Metaplasmusen", flüsterte sie.

„Was?" Joel fuhr irritiert auf. Auch Mark runzelte die Stirn.

„Sie müssen hier sein." Angstvoll sah sich Cheriell im Raum um. Ihre wachsamen Augen waren weit aufgerissen. Sie sog die Raumluft tief ein als versuchte sie, etwas zu wittern. Die Lippen zitterten.

„Komm, beruhige dich mal!" Joel legte kameradschaftlich seinen Arm um ihre Schultern. „Erzähl uns, was du damit meinst, ja?"

Es dauerte noch eine Weile, bevor sie sprechen konnte. Aber dann erzählte sie den staunenden Männern von der außerirdischen Macht, die auch Chartoriak überfallen hatte. Cheriell hatte es nicht selbst miterlebt.

Doch Karsar, der Weise des Volkes, hatte dafür gesorgt, dass die Erinnerung an diese Wesen nicht verloren ging.

„Ich habe den Erzählungen von Karsar, unserem Weisen, immer gerne zugehört. So habe ich auch etwas über den damaligen Eroberungsversuch der Metaplasmusen auf Chartoriak erfahren."

„Woher willst du denn wissen, dass sie überhaupt auf der Erde sind?", fragte Mark.

„Ja, und dann ausgerechnet hier an der Küste", fügte Antonio hinzu. Er fand die ganze Geschichte ziemlich absurd.

„Lasst sie doch erst mal alles erzählen", nahm Joel Cheriell in Schutz, „stört nicht immer durch Zwischenfragen. Komm Cheriell, erzähl weiter." Aufmunternd zwinkerte er ihr zu. Er spürte ihre Furcht und tätschelte ihre Schulter, die er noch immer festhielt. ‚Sie ist zwar ein außerirdisches Wesen`, dachte er, ‚aber sie hat Angst vor etwas Unbekannten.`

Die Erkenntnis schien sehr furchteinflößend zu sein, wenn sie so fassungslos wurde. Instinktiv wollte Joel sie beschützen.

Cheriell begann von Neuem.

„Nach unseren Feststellungen kommen die Metaplasmusen vom Planet Malepartus. Die

Wesen bestehen aus nichtmaterieller Substanz, die sich ihrer jeweiligen Umgebung anpasst. Sie sollen sich damals als Vögel getarnt unter unser Volk gemischt haben.

Sie versuchten Gehirne zu beeinflussen, was ihnen aber nicht gelang, weil jeder Vogelmensch eine sehr spezielle Persönlichkeit hat. Damit schienen sie ihre Schwierigkeiten zu haben, wie unsere Wissenschaftler später merkten. Bei den Versuchen, die Kontrolle über die Vogelmenschen zu erlangen, töteten sie viele des Volkes. Als man endlich herausfand, dass eine fremde Macht der Grund für die Toten war, waren schon ein Drittel der Vogelmenschen ausgerottet."

„Das ist ja schrecklich. Wie seid ihr sie losgeworden?" Mark konnte seine Frage nicht zurückhalten.

„Die Wissenschaftler beobachteten den immer wiederkehrenden rosa Schimmer in den aufgerissenen Augen der gerade Verstorbenen. Sie entdeckten aber auch einige Vögel der Untervogelgruppe und diesen rosa Glanz in den Augen trugen. Es gelang ihnen, einen zu fangen. In Gefangenschaft entwich aus den Augen dieses Vogels plötzlich eine unförmige Gasmasse, die sich ins All entfernte. Der Körper des Vogels löste sich in Nichts auf. Nun war es Allen klar, dass es sich hier um eine Bedrohung fremder Wesen handelte. Einige unserer Adlerkundschafter besuchten schon damals fremde Planeten und brachten Informationen von dort mit. Auf entfernten Sternen hatten sich gutartige Völker in bösartige Wesensgruppen verwandelte, ohne dass dabei ein Grund ersichtlich war. Den Kundschaftern war überall der rosa Schimmer in den Augen oder um die Gestalt dieser Wesen aufgefallen."

„Dann haben diese Wesen also schon seit langem fremde Völker besiegt und beherrschen sie jetzt?" Joel wurde ganz anders bei diesem Gedanken.

Cheriell nickte.

„Ja, sie müssen schon Etliche unterworfen haben. Sie bemächtigen sich aber meist nur der ebenfalls Mächtigen eines Volkes, um so den Rest zu beherrschen. Sie ahmen das Muster ihrer Opfer nach und sind ganz auf diese Lebensform fixiert. Es kann sein, dass sie mich zum Beispiel dadurch gar nicht wahrnehmen können. Das Genmuster der Vogelmenschen weicht in vielen Punkten von dem eines Menschen ab, obwohl ich euch als Mensch ähnlich bin und auch entsprechend handle. In meiner Lebensflüssigkeit fließen zur Hälfte die Gene der Vögel.

Karsar war früher selbst als Kundschafter tätig. Ihm ist es damals gelungen, den Planeten der Umwandler, wie man sie auch nennen könnte, zu finden. Er stellte fest, dass es gar nicht so viele von ihnen gibt. Und so wird vermutet, dass sie nach der Eroberung eines Planeten nur Einen zur Aufsicht über die Unterdrückten dalassen. Deshalb glaube ich auch, dass nicht viele von ihnen zur Erde gekommen sind. Sie werden von dieser Stadt aus versuchen, auf die Menschen Einfluss auszuüben, und zwar durch dieses rosa Pulver."

„Wer weißt, wie viele der Menschen schon unter ihren Einfluss stehen", überlegte Antonio laut.

„Man sollte vielleicht mal auf einen rosa Schimmer in den Augen seiner Mitmenschen achten", meinte Bark, der bisher eher verwirrt der ganzen Geschichte gefolgt war.

„Wie kommt denn der rosa Schimmer in den Stoff", überlegte Mark.

„Kann ja nur einer von den Viechern da drin sein", meinte Joel unsicher. Alle starrten auf das kleine Päckchen mit dem Rauschgift.

„Nein", beruhigte sie Cheriell, „die Farbe ist nur der Beweis, dass sie damit im Kontakt waren. Keiner der Metaplasmusen würde sich in einem Beutel einsperren lassen. Sie müssen dieses Pulver hergestellt haben. Der Mann, der es untersucht hatte, sagte doch, es gleicht keinem der bei euch bekannten Stoffe. Ich denke, es ist ihnen hier genauso wenig gelungen direkt einen Menschen unter Kontrolle zu bringen wie auf Chartoriak die Vogelmenschen. Denn eure wie unsere Gehirne sind jedem Einzelnen in den ver- schiedensten Variationen gegeben. So wird der Mettius der Metaplasmusen nicht direkt an euch herankommen."

„Aber unter Drogen wird das Gehirn abgeschwächt", führte Mark den Gedanken weiter, „und dann wird es möglich sein, den entsprechenden Menschen unter Einfluss zu kriegen. Wenn das stimmt, Leute, dann wundert es mich nicht, dass in dieser Gegend der Drogenmissbrauch so zugenommen hat."

„Und die vielen Drogentoten wären auch erklärt", ergänzte Antonio. „Mikos Dorien ist übrigens wegen guter Führung vorzeitig auf Bewährung freigelassen worden. Und ratet mal, wer sein Bewährungshelfer ist. Mancho del Dinglo."

„Ja und?", wollte Mark wissen.

„Das ist der Typ, der mir den Stoff verkauft hat. Es lag zufällig ein Bild von ihm bei den Unterlagen über Dorien", erklärte Antonio.

„Das darf nicht wahr sein", Mark war total verblüfft, „dann sind wir der Sache näher als wir dachten."

„Und was haben dann Linda und Trevers damit zu tun?", fragte Bark dazwischen, der die ganze Zeit dem Gespräch aufmerksam, aber verständnislos gefolgt war.

„Tja", meinte Mark, „Kunden scheinen sie nicht gewesen zu sein, sonst hätten ihnen die Kerle das Päckchen nicht entwendet. Vorausgesetzt, es war dasselbe darin wie in diesem hier. Das muss also auch noch geklärt werden."

„Einen rosa Schimmer hatten sie auch nicht in den Augen", stellte Mark fest, „das wäre mir aufgefallen."

„Mir ganz bestimmt auch", fügte Cheriell schnell hinzu.

„Wir kommen vielleicht ein Stück weiter, wenn ich mich mit Mancho treffe. Ihr wisst doch, dass ich ihm noch einen Kunden schulde." Antonio grinste Mark an. „Na, wie wär`s mit einem Trip, Kollege?" Mark seufzte. „Na gut, es gibt wohl keine andere Möglichkeit. Wie hieß die Droge noch?"

„DIFFI!" Antonio spuckte das Wort verächtlich aus. „Was für eine Bezeichnung für den puren Horror."

Cheriell musste lachen. Er sah zu witzig aus, wenn er das Gesicht so verzog.

„War es übrigens wirklich nötig", fragte sie ihn aus heiterem Himmel, „mir meinen Arm bei vollem Bewusstsein zu richten?" Verlegen räusperte sich Antonio. Er hatte gar nicht mehr daran gedacht, dass sie ja der weiße Adler war. Jetzt tat es ihm nachträglich sehr leid, dass er so grob mit ihr umgesprungen war.

„Ich ...," stotterte er nach Worten ringend, „ich muss mich wohl entschuldigen. Ich hab nicht darüber nachgedacht, dass ein ... Adler Schmerzen empfinden kann. Tut mir wirklich leid. Hat es so sehr wehgetan?"

Cheriell nickte.

„Aber der Verband ist gut." Sie blitzte ihn lächelnd an

„Gelernt ist eben gelernt", antwortete er verschmitzt und zwinkerte ihr zu.

Mark stand auf. „Na gut, los geht´s! Joel, bring Cheriell auf den schnellsten Weg wieder zurück in deine Wohnung. Sie ist unser Trumpf. Es darf auf keinen Fall bekannt werden, wer sie wirklich ist. Vielleicht kannst du uns beim Erkennen der Außerirdischen helfen, Cheriell. Aber tagsüber muss du dich bei Joel verstecken."

Bark erhob sich ebenfalls. „Hört zu, ich nehme jetzt eine Mütze Schlaf und morgen besuche ich Trevers. Mal sehen, ob er schon ansprechbar ist und mir erzählen kann, was Linda mit dem Rauschgift zu tun hatte. Ich rufe dich dann an, Mark."

„Wenn Trevers überhaupt etwas erzählt", sagte Antonio zweifelnd. „Bis Dienstagnacht haben wir Zeit, um Genaueres rauszukriegen. Mir sind vor allem die Zusammenhänge nicht klar. Dann werden wir uns an der Rocky Beach mit Mancho treffen und ihm seinen vermaledeiten Stoff abkaufen. Cheriell könnte im Hintergrund zusehen."

Die Anderen stimmten ihm zu. So gingen sie auseinander.

Landung auf Terra

In einem abgedunkelten Raum des silbernen Shuttles saßen zehn Adler in stummer Unbeweglichkeit. Ihr Atem ging nur flach. Sie hatten sich in Gedanken miteinander verbunden, um die Oberfläche des fremden Planeten nach ihresgleichen abzusuchen. Regelmäßig sandten sie ein Signal hinab zu verschiedenen Punkten der Erde, warteten daraufhin eine gewisse Zeit, bevor sie es erneut an anderer Stelle versuchten.

Zwischendurch legten sie kurze Pausen ein, um zu ruhen.

Während dieser Zeit schlossen sie die Augen gänzlich und schliefen für eine Stunde. Nur einem wollte es nicht gelingen, ganz abzuschalten.

Arkus fing jedes Mal wieder von vorne an, darüber nachzugrübeln, wie er Cheriell am schnellsten erreichen konnte.

Dieser Planet war größer und umfangreicher als er gedacht hatte. Sie suchten nun schon seit Stunden. Es war durchaus möglich, dass sich die Adlerfrau in eine andere Gegend begeben hatte oder was noch schlimmer wäre, womöglich nicht mehr am Leben war. Sie mussten dringend auf die Oberfläche des blauen Planeten gelangen, an die Stelle, an der sie vermutlich gelandet war. Von dort aus müssten sie ihre Spur verfolgen.

Und wenn es keine Spur gab? Arkus mochte gar nicht daran denken. Er hatte Cheriell immer sehr gern gehabt. Hatte ihren Mut bewundert und ihre Schönheit. Sie konnte wie kaum ein anderes Adlerweibchen herrliche Kreise und Flugkunststücke vollziehen. Diese Kunst beherrschten sonst ausschließlich die Männchen. Ihre grünen Augen waren einzigartig und das Weiß ihres Gefieders leuchtete schon von weitem.

Arkus schwelgte für einen Moment in Erinnerungen.

Sie waren seit ihrer Kindheit viel zusammen gewesen. Hatten gemeinsam die ersten Flugversuche unternommen und unzählige Streiche ausgeheckt. Cheriells Lachen tönte ihm noch in den Ohren. Was hatte sie sich den Bauch gehalten vor Lachen, wenn sie wieder einmal einen der älteren Albertrosse auf der Ebene landen sah, auf der sie zuvor flache Gruben ausgehoben hatten, die sie wiederum mit Gestrüpp tarnten. Die Landung des Albertrosses sah dann jedes Mal urkomisch aus, wenn er wie auf einer Wellenbahn an ihnen vorbeirutschte.

Natürlich wusste man bald, wer die Übeltäter waren. Trontan schalt sie für ihre Missetaten ernsthaft aus und bestrafte sie. Und so hatte er manchmal zusammen mit ihr zur Strafe die Laboratorien säubern müssen, bis sie todmüde in einem Heuhaufen einschliefen.

Auch auf der Expedition zur Erde wollte er sie eigentlich begleiten, aber man schickte ihn zu einem anderen Stern im Quarres-Quadranten. So hatten sie sich aus den Augen verloren. Schon bald war er zurückgekommen, da sich dort nur kahle Meteoriten und weit verstreutes Planetenmaterial befanden.

Er vermutete, dass diese Sektion von einer Materienexplosion heimgesucht worden war. Die Vermutung, dass auch Chartoriak bald explodieren würde, hatte sich immer mehr zur Wahrscheinlichkeit entwickelt. Es ging sogar schneller als sie gedacht hatten.

Jetzt in der dritten Dekade waren sie also früher als geplant gezwungen gewesen, eine neue Heimatwelt zu finden. Der Gedanke daran nagte an seinem Herzen.

Cheriell war in all dem Trubel noch nicht wieder abgeholt worden. Die Vogelmenschen hatten jeden Einwohner Chartoriaks benötigt, um den Aufbruch durchzuführen. Daher war es nicht möglich gewesen, Schiffe nach Terra oder zu den übrigen Planeten zu schicken. Aello riss ihn in diesem Augenblick aus seinen Gedanken.

„Arkus, der Teil von Terra, auf dem wir suchen wollen, wird dunkler. Der Abend beginnt. Wir sollten versuchen, hinunter zu kommen. Gleich werden wir unsere menschliche Gestalt erhalten."

„Du hast recht, Aello", erwiderte Arkus seinem kleinen Bruder, „weck die anderen Adler. Wir wollen uns das Schauspiel nicht entgehen lassen. Sieh dir das rötliche Licht an. Ich denke, wir fliegen los, sobald die Umwandlung vollzogen ist."

In diesem Moment erstrahlten zehn Adler-gestalten in hellem Licht und kurz darauf standen an derselben Stelle zehn kräftige Männer in samtigen weißen Overalls.

Sie warfen die Maschinen an und näherten sich schnell ihrem Ziel, einem Punkt an der Westküste des Kontinents, an dem nach den übergebenen Koordinaten zufolge, Cheriell abgesetzt worden war.

Ihr Ankommen glich eher einem Sturz, wie der eines Adlers, wenn er seine Beute schlägt. Ihr Ziel war ein kleines dichtes Wäldchen, in dessen Mitte sich eine große Grube befand. Die Menschen hatten hier Schotter abgetragen. Sie war seit Langem stillgelegt, da sie sich nicht mehr rentierte. Dies aber wussten die Vogelmenschen nicht.

Sie hatten diesen Ort lediglich aus Tar-nungsgründen gewählt.

Sobald sie gelandet waren, überzogen sie ihr Schiff mit einer Tarnvorrichtung, die es dem bloßen Auge verhüllte. Es war für das menschliche Auge nicht mehr zu erfassen. Allein die Augen der Adlermenschen konnten es wahrnehmen, weil sie die Fähigkeit hatten, Wärmequellen bildlich umzusetzen.

Am Filmgelände

In den Büros der städtischen Radarstellen und bei allen wissenschaftlichen Forschungs-instituten des Kontinents spielten die Instrumente verrückt.

Man hatte für kurze Zeit den Eindruck gewonnen, dass etwas auf die Erde zustürzte. An den Messgeräten, die Wärme maßen, schlugen die Zeiger wild hin und her. Die Kompassnadeln in der Umgebung drehten sich wie Propeller. Aber innerhalb weniger Minuten war der Spuk vorbei.

Alles funktionierte wieder normal.

Trotzdem kamen haufenweise Anrufe bei den Radio- und Fernsehstationen, sowie bei den Zeitungsredaktionen an. Zum Teil wurde in Panik gefragt, was losgewesen war, zum anderen Teil wollten Leute eine glühende Kugel vom Himmel herabfallen gesehen haben.

Nach vielen Diskussionen vermutete man, dass ein Meteoritenteil abgestürzt sei. Man würde danach suchen, sobald man berechnet hatte, wo er in etwa aufgeschlagen sein könnte.

In den Nachrichten erwähnte der Sprecher diesen Vorfall mit einem Satz, um die Menschen zu beruhigen. Was dann auch Erfolg hatte.

Joel saß in seinem bequemen Sessel und sah sich die Nachrichten an. Cheriell lag der

Länge nach auf dem Boden, den Kopf in die Hände gestützt und verfolgte die flimmernden bunten Bilder. Joel hatte ihr erklärt, dass dies Bilder aus der ganzen Welt von Terra waren. Man konnte so die wichtigen Ereignisse dieses Planeten zu sich in sein Heim holen.

Jeden Abend sahen sie sich zusammen diese Bilder an. Cheriell verfolgte alles mit starkem Interesse, denn sie wollte so viel wie möglich über die Erde erfahren.

Sobald sie abgeholt wurde, könnte sie einen langen Bericht abgeben. Es faszinierte sie, dass sie gar nicht losfliegen musste, um diese Welt zu erkunden. Sie hatte hier einen Überblick über die verschiedensten Gegenden bekommen.

Sie war inzwischen drei Tage bei Joel zu Gast. Mark und Antonio kamen regelmäßig vorbei, um sie über ihre Fortschritte der Ermittlungen zu informieren.

Irgendwann wollte Mark sie mit zur Promenade nehmen, damit sie sich die Leute ansah. Aber er meinte, der rechte Zeitpunkt wäre noch nicht gekommen.

So wartete Cheriell also und ließ sich von Joel verwöhnen. Dieser las ihr jeden Wunsch von den Augen ab und führte lange Gespräche mit ihr. Er wollte alles über Chartoriak und seine eigenartigen Einwohner wissen und erzählte ihr andererseits viel über seinen Planeten.

In seiner Bibliothek befanden sich dutzende interessanter Bücher, in denen Cheriell des Nachts stöberte, sobald er schlief. Mit ihrer natürlichen Fähigkeit, sich auf jede Lage einzustellen, fand sie bald die Bedeutung der Schriftzeichen in den Büchern heraus und fing an, sie zu lesen.

Cheriell mochte Joel. Er lachte viel und war immer freundlich zu ihr. Sie war ihm dankbar, dass er ihr sein Gästezimmer überlassen hatte. Von dort aus hatte sie einen wunderschönen Ausblick auf das Meer und die entfernten Inseln, über die sie schon geflogen war.

Morgens stellte Joel ihr für den Tag eine Schüssel Wasser auf den Balkon, damit sie ihren Durst jederzeit löschen konnte. Hatte sie tagsüber ihre Adlergestalt, nahm er sie oft in den Arm und kraulte ihr schneeweißes Gefieder. Abends aßen sie zusammen, sobald sie ein Mensch war. Er kochte ihr die verschiedensten und buntesten Gerichte. Sie sollte kennenlernen, wovon sich die Menschen ernährten.

Ihr Arm tat nicht mehr weh. Aber der feste Verband musste noch dranbleiben. Darauf hatte Antonio bestanden, der kurz mit Mark vorbeigekommen war.

Sie fand Antonio lustig. Sobald er sie sah, sprühte er Funken. Der Schalk saß ihm im Nacken. Er witzelte über Joels Glück, so eine bezaubernde Wohnungsgenossin zu haben und ärgerte Mark damit, dass dieser sie freiwillig dem Iren überlassen hatte. Sie hatten sich zwei Stunden bei ihnen aufgehalten. Dann aber mussten sie erneut aufbrechen, um weitere Fakten zu sammeln.

Nun sahen sich also Cheriell und Joel die Acht-Uhr-Nachrichten an.

Soeben berichtete der Sprecher von einem außergewöhnlichen Meteoriten, der in der Nähe von Los Angeles steil niedergegangen war und nach dem man nun suchte.

„Eigenartigerweise", ergänzte der Sprecher, „scheint es sich um ein besonders großes flaches Stück zu handeln. Einige Augenzeugen behaupten, er hatte die Form eines Adlers."

Cheriell zog die Stirn kraus und setzte sich aufrecht hin. Sie sah Joel an.

„Kommt so etwas hier öfter vor?", fragte sie ihn. „Ich meine, flache große Meteoriten in einer bestimmten Form, dessen Flugbahn nicht so leicht zu verfolgen ist."

„Davon habe ich noch nie etwas gehört", antwortete er, „ich stellte mir Meteoriten eher rund und zerklüftet vor. Wieso fragst du?"

„Es könnten meine Leute von Chartoriak sein. Ich bin ebenfalls fast senkrecht und äußerst schnell gelandet. Dabei fällt mir ein", überlegte sie, „wenn man unsere Shuttles von unten sieht, könnte man sie tatsächlich mit der Form eines fliegenden Adlers vergleichen. Sie müssen es sein, Joel. Nur komisch, dass ich bisher noch keinen telepathischen Kontakt mit ihnen bekommen habe. Es wäre hilfreich zu wissen, wo sie gelandet sind. Wieso haben sie sich nach unten gewagt, bevor sie mich erreichten?" Nachdenklich schüttelte sie den Kopf.

Joel war hin und her gerissen zwischen der Angst, Cheriell zu verlieren und dem Verlangen ihr zu helfen, ihre Freunde zu finden.

„Hör zu", meinte er nach einer Weile, „ich bin sicher, sie werden Verbindung mit dir aufnehmen, wenn sie es wirklich waren. Aber bis dahin darfst du nichts überstürzen. Du bist nur in Sicherheit, solange keiner herauskriegt, wer du bist. Denk daran, dass du noch nicht wieder fliegen kannst."

Er sah sie eindringlich an. Schließlich nickte sie. Joel schaltete den Fernseher ab und stand auf. Nach einigen Runden durch das Wohnzimmer und viele Blicken auf die auf den Boden kauernde Cheriell, fiel ihm plötzlich etwas ein, womit er sie ablenken könnte.

„Ey, Cheriell, was hältst du davon, mit mir einen kleinen Ausflug zu den Filmstudios zu machen. Wir wollen dort mit der Produktion eines Filmes beginnen. Die Kulissen werden bereits aufgebaut. Ich war seit einigen Tagen nicht mehr dort und würde gerne mal nachsehen, wie weit meine Leute sind. Es wird dir ganz bestimmt gefallen. Dort ist ordentlich etwas los. Hast du Lust?"

„Oh Joel, du willst mich wirklich mal woandershin mitnehmen? Danke!" Sie fiel ihm um den Hals und küsste ihn auf die Wange. Verlegen räusperte er sich und machte ihre Arme von seinem Hals los.

„Ich hätte nicht gedacht, dass du hier so unbedingt weg willst, sonst wären wir schon eher rausgefahren", meinte er etwa ironisch.

„Gefällt es dir bei mir so wenig?"

„Doch natürlich ist es schön in deiner Wohnung, aber ich war so lange nicht mehr draußen. Ich bin es nicht gewöhnt, mich laufend in geschlossenen Räumen aufzuhalten, obwohl es meinem Arm gut getan hat. Du hast so viel für mich getan. Ich möchte nicht, dass du denkst, dass ich undankbar bin. Verstehst du mich? Ich muss einfach wieder in die Freiheit an die Luft. Besonders als Vogel leide ich unter dem Eingesperrtsein."

„Na dann komm", sagte Joel sanft und nahm ihre Hand, „auf zu Hollywoods Filmbranche."

Cheriell genoss die Fahrt in dem komfortablen Auto. Ihre langen Haare flatterten durch den Luftzug des geöffneten Fensters und das gab ihr ein Gefühl der Freiheit wie beim Fliegen.

Im Radio spielten sie wunderschöne Musik, die gut zu den summenden Geräuschen des Motors passten. Cheriell schloss die Augen und gab sich dem Gefühl des Wohlbehagens hin. Sie dachte, sie könnte ewig so weiterfahren und wünschte sich, dass die Fahrt schön lange dauern würde.

Joel sah zu ihr herüber und lächelte. Wie schnell hatte er es doch geschafft, sie auf andere Gedanken zu bringen. ‚Hoffentlich waren es nicht ihre Leute, die wie ein Meteor zur Erde herabgesaust sind,‘ dachte er etwas egoistisch. Das würde ihm gar nicht recht sein. Während der vergangenen Tage war Joel nämlich eine Idee gekommen. Er wollte die hübsche Vogelfrau mit in seinen Film einbauen. Sie würden zwar nur des Abends und während der Nacht drehen können, aber er würde es schon hinkriegen, dass die Kulissen derart verändert würden, dass es zum Teil wie Tagesaufnahmen aussehe. Mit der neuen Computertechnik konnten seine Spezialisten die entsprechenden Effekte schon auf die Beine stellen. Joel musste nur noch Cheriell dazu überreden mitzuspielen. Er wollte sie langsam darauf vorbereiten. Sie sollte sich erst einmal den Drehort ansehen. Mit ihrem angeborenen Wissensdurst würde sie sicher alles über das Projekt wissen wollen.

Endlich waren sie da, im *Topanga Statepark*. Dort befand sich derzeit ein mit Ausnahmegenehmigung errichtetes Filmset. Es war mittlerweile einundzwanzig Uhr. Die Scheinwerfer am Set waren angeschaltet und beleuchteten das gesamte Drehgelände. Als die beiden Ankömmlinge aus dem Wagen stiegen, kamen sofort mehrere Männer auf sie zugestürmt. Allen voran ein rundlicher gutmütig aussehender Mann von etwa fünfundfünfzig Jahren.

„Na, es ist ja wie ein Wunder, Joel, dass du dich mal wieder blicken lässt", begrüßte er ihn mit einem vorwurfsvollen Blick. „Ich dachte schon, ich muss den Laden hier alleine schmeißen. Nimmst du eigentlich nie dein Telefon ab? Ich wollte dich wegen einer neuen Bewerbung für die weibliche Hauptrolle anrufen."

„Hallo Aroon! Tut mir ja leid, dass du mich nicht erreicht hast. Ich war aber fast immer da. Nur habe ich das Telefon auf minimale Lautstärke gestellt, damit es nicht so stört."

Aroons Blick fiel auf Cheriell, die zwei Schritte hinter Joel stehen geblieben war und sich staunend mit großen Augen umsah.

„Ach so", brummte er und zwinkerte Joel zu, „damit du nicht gestört wirst. Ich wusste ja nicht, dass du Urlaub genommen hast. Irgendwie kann ich mich daran erinnern, dass du zum Arbeiten nach Hause gefahren bist."

„Aroon", Joels Stimme wurde warnend, „keine voreiligen Schlüsse bitte! Darf ich dir Cheriell vorstellen? Sie ist zurzeit bei mir zu Gast." Dabei drehte er sich zu ihr um.

Diese war so in ihre Betrachtungen vertieft, dass sie dem Gespräch gar nicht gefolgt war.

„Cheriell!" Joel riss sie aus ihrem Staunen.

„Ja, Joel?" Fragend sah sie in die Runde.

„Das ist Aroon, mein Co-Produzent. Hier steht Bill, dies ist Cain und dieses Muskelpaket ist Jean, unser Stuntman."

Cheriell begrüßte jeden freundlich. Etwas verlegen gaben ihr die Männer ihre schmutzigen Hände. Sie waren gerade damit fertig geworden unzählige Kabel zu verlegen und schmierige Schrauben festzudrehen. Cheriells strahlende Erscheinung erinnerte sie flugs daran, dass sie ein Bad nötig hatten.

Aroon versuchte inzwischen, die Frau an Joels Seite einzuschätzen. Schönheit imponierte ihn schon lange nicht mehr so wie seine jüngeren Kollegen. Die Ausstrahlung einer Frau machte es, diese Meinung hatte er sich schon seit langer Zeit. Diese Frau an Joels Seite hatte eine Ausstrahlung besonderer Art. Er konnte sie nur nicht einstufen. War es Mystik oder was war es?

Aroon räusperte sich, bevor er sich an sie wandte.

„Willkommen, junge Frau. Wollen Sie sich einmal einen Drehort ansehen oder sind Sie auch Schauspielerin?"

„Ich? Nein", Cheriell schüttelte ihren Kopf, so dass die Haarsträhnen nur so flogen und lachte.

„Ich wohne nur eine Zeitlang bei Joel und er hat mich heute eingeladen, dass ich mir seinen Drehort ansehen darf."

„Ach so", erwiderte Aroon erleichtert. Er hatte schon gemutmaßt, dass Joel eine Besetzung für die Hauptrolle eingefangen hatte. Das käme ihm sehr ungelegen, denn gerade heute hatte Aroon diese Rolle ohne Rücksprache mit Joel besetzt. Mehrmals hatte er in den vergangenen zwei Tagen vergeblich versucht, seinen Partner zu erreichen. Dann hatte ihm die Dame die Pistole auf die Brust gesetzt und gedroht abzuspringen, wenn er sich nicht entscheiden könne. Daraufhin hatte Aroon den Vertrag mit ihr aufgesetzt. Nun musste er es Joel nur noch schonend beibringen. Immerhin sollte er mit ihr drehen. Sie war übrigens ein Rasseweib, fand er. Feurig, etwas zynisch mit einer energischen Mundpartie. Er sah sie schon vor sich, wenn sie sich laut Drehbuch mit Joel ein Wortgefecht lieferte.

Reden konnte sie, oh ja. Das hatte sie ihm mehrmals bewiesen. Nun wartete Aroon auf den geeigneten Moment, um es Joel schonend beizubringen.

Er schlug deshalb vor, dass Jean mit Cheriell zum Wasserfall gehen solle, um ihr die Kulisse zu zeigen, da er mit Joel etwas Wichtiges zu besprechen habe. Schweren Herzens stimmte der Ire zu und bat Cheriell dem Stuntman zu folgen, dem er das Versprechen abnahm, besonders auf die Kleine aufzupassen. Wenn Jean ein Versprechen gab, dann hielt er es auch hundertprozentig. Sie kletterten die steilen Wege empor und er half ihr, wenn sie wegen ihres verletzten Arms nicht gleich den Halt fand. Er erklärte ihr in seiner wortkargen Art, was man vor hatte und schwieg mit ihr, als sie, betört vom Ausblick, oberhalb des Wasserfalls Halt machten. Die tosenden Massen des herabstürzenden Wassers übertönten jedes Geräusch.

*

Aroon hatte Joel währenddessen in seinen Wohncontainer gezogen und ihn in einen der schmalen Sessel gedrückt.
„Was ist los", fragte Joel. „Du hast doch irgendetwas?"
„Äh..., willst ´nen Drink?", fragte Aroon ausweichend.
„Aroon ...!"
„Na ja ..., also weißt du, Joel. Ich habe da eine tolle Frau kennengelernt ..., rassig, temperamentvoll und hübsch. Du solltest sie dir mal ansehen. Sie ist die ideale Partnerin für dich ...!"
„Ach Aroon, bleib mal auf dem Teppich. Jede Frau, die du mir bisher angebracht hast, hatte irgendeinen Haken", seufzte Joel und setzte sich auf die Bank an der Seite der Fensterfront. „Du kannst dieses Vorstellungsgespräch sofort und auf jeden Fall absagen!"
„Joel", unterbrach ihn Aroon unwirsch, „sie ist

engagiert. Du warst ja nicht da und sie wollte nicht so lange warten. Sie ist ganz heiß darauf mit dir zu drehen, ehrlich!"

Joel sah ihn fassungslos an.

„Du hast ihr die Rolle der Celina gegeben? Ohne mich zu fragen?"

„Ja, das habe ich!", entgegnete sein Gegenüber trotzig. „Schriftlich! Du wirst sehen, sie ist ganz bezaubernd."

Joel schüttelte den Kopf.

„Aroon, ich habe geplant, Cheriell für die Rolle einzusetzen", erklärte er mit Nachdruck. „Sie hat die nötige zauberhafte Ausstrahlung eines übernatürlichen Wesens. Sie ist die ideale Besetzung."

Der Co-Produzent sah ihn erstaunt an.

„Sie hat doch eben gesagt, sie ist keine Schauspielerin", warf er ein.

„Ist sie auch nicht. Aber das braucht sie auch nicht zu sein. Sie kann sich einfach selber spielen. Sie ist von einer Natürlichkeit, an die keine Andere herankommt. Ich wollte sie nur langsam darauf vorbereiten, verstehst du? Sie weiß noch gar nicht, was ich vorhabe."

„Du musst verrückt sein!" schnaubte Aroon. „Seit wann lässt du dich auf Experimente ein. Bist du etwa verknallt in sie?"

„Nein! Verdammt, Aroon! Sie ist einfach so, wie ich mir die ganze Zeit meine Partnerin für diesen Film vorgestellt habe, sonst nichts."

„Vergiss es, mein Freund. Wir müssen Moraine nehmen und du wirst begeistert von ihr sein, glaub mir. Sieh sie dir erst mal an. Sie hat fast schwarze Haare bis zur Taille und eine tolle Figur. Ihre Augen sprühen Funken, wenn sie dich anschaut. Moraine Devon ist eine Schönheit."

Joel gab auf. Es ließ sich nicht ändern, sie waren an den Vertrag gebunden.

„Und was hat sie schauspielerisch drauf?", erkundigte er sich nach einer Weile.

„Hast du noch nie was von Moraine Devon gehört. Sie hat die Madame Tyrone in -Nebel über Paris- gespielt. Außerdem etliche andere Rollen in noblen Filmen. Ach ja, eine Hexe in -Diablo lässt grüßen- war auch noch so ein Ding." Aroon sah seinen Freund und Partner herausfordernd an, denn auf dessen Gesicht standen noch jede Menge Zweifel geschrieben.

„Na gut", sagte Joel schließlich, „ich sehe sie mir an. Wann kreuzt sie hier auf?"

„Sie wollte eigentlich heute Abend noch mal vorbeischauen."

„Hoffen wir`s. Wie sieht es mit der Kulisse aus?", fragte der Ire. „Können wir eventuell einige Probeaufnahmen mit deiner Schönheit machen?"

„Dem steht nichts im Wege, Joel. Je eher wir anfangen desto weniger Kosten werden wir haben. Soll deine Freundin hier bleiben oder willst du jemanden damit beauftragen, sie nach Hause zu fahren."

„Sie bleibt solange hier wie ich auch. Ich muss heute Nacht auf jeden Fall wieder zurück."

„Was? Nimm dir doch ein Hotelzimmer. Du vergeudest unnötige Zeit, wenn du jedes Mal hin- und herfährst", schlug Aroon vor.

„Das geht nicht, Aroon! Ich bin für Cheriell verantwortlich. Ich muss in ihrer Nähe bleiben."

Eddie schüttelte verständnislos den Kopf.

„Joel, du hast einen Film zu drehen. Wie willst du die Termine schaffen, wenn du jeden Tag nach Hause fährst. Dann miete ihr ebenfalls ein Zimmer. So ist sie hier und kann tagsüber bei den Dreharbeiten zusehen."

Joel seufzte. Wie sollte er seinem Partner erklären, dass gerade dies nicht ging? Ehe er die richtigen Worte fand wurde die Tür des Containers aufgerissen und eine schrille Stimme ertönte, der eine ebenso schrill aussehende Frau folgte.

„Aroon! Wo verkriechst du dich? Was ist das für ein Empfang? Ich komme extra her und keine Menschenseele kümmert sich um mich!" Entgeistert sah Joel seinen Partner an.

Die Frau, die inzwischen ganz eingetreten war, hatte knallrote zu Stoppeln geschnittene Haare, trug ein enges schwarzes Samtkostüm, das gerade eben ihre hinteren Rundungen bedeckte und roch nach einem aufdringlichen Parfüm, das Joel als starkes Moschus einordnete. Sie war fast so groß wie

Joel, was durch die hohen spitzen Absätze ihrer Pumps noch betont wurde.

„Wer ist denn das?", fragte Joel leise seinen Freund. Aroon räusperte sich.

„Ähm..., Joel, ... darf ich dir Moraine Devon vorstellen?" Er warf Joel einen unsicheren Blick zu. Dieser fiel beinahe die Kinnlade herunter und schluckte eine Bemerkung herunter.

„Oh, das ist also der große Joel Damar!", flötete Moraine und hielt ihm mit einer eleganten Bewegung ihre Hand hin, als erwartete sie einen Handkuss. „Ich freue mich ja soo auf unsere gemeinsamen Dreharbeiten!" Joel nahm kurz ihre Hand und nickte ihr zu. Er brachte kein Wort heraus, so wütend war er auf Aroon. Er konnte sich kaum eine schlimmere Partnerin vorstellen als diese überzogene Moraine, die sich nun in einen der Sessel fallen ließ und die Beine übereinander schlug, so dass der Rock noch höher rutschte.

„Wann fangen wir an zu drehen?", wollte sie wissen.

Aroon hatte natürlich gemerkt, dass sein Freund nicht begeistert war und auch er ärgerte sich nun über seine Voreiligkeit mit Moraine einen Vertrag gemacht zu haben. Diese Frau hatte sich äußerlich genau in das Gegenteil verwandelt, von dem was sie brauchten. „Moraine", warf Aroon ihr nun vor, „warum hast du denn deine schöne

Haarpracht abgeschnitten? Deine langen Haare hätten viel besser in die Szenerie des Filmes gepasst." Sie lachte hell auf.

„Aber mein lieber Aroon, die schwarzen Haare waren doch eine Perücke. Meine jetzige Frisur ist der neueste Trend. Aber wenn du unbedingt willst, kann ich diese grässliche Zweitfrisur bei der Dreharbeit aufsetzen."

„Wir wollten heute Abend noch einige Probeaufnahmen machen", schaltete sich Joel nun ein. „Am besten ist, Sie gehen in die Maske und lassen sich dafür herrichten. In einer halben Stunde treffen wir uns vor der Hauptkulisse. Lassen Sie sich eines der altertümlichen Kleider geben und eine lange Perücke. Aroon, zeig ihr den Weg."

Ohne ein weiteres Wort wandte sich Joel der Tür zu und verließ den Container. Draußen holte er erst einmal tief Luft. Dann sah er sich auf dem Platz um. Von Jean und Cheriell war keine Spur zu sehen. Seufzend begab er sich in die Herrengarderobe, wo sein indischer Maskenbildner Henry gerade die vielen Schminkutensilien ordnete.

„Ich habe schon gehört, dass Sie eingetroffen sind, Mister Damar", begrüßte er ihn. „Soll es heute noch losgehen mit der Dreherei?"

Joel nickte und nahm sich einen Umhang und ein Paar Stiefel aus dem Schrank.

„Schminken sie nur ganz kurz auf der Oberfläche. Es wird nur ein Test heute. Von wegen der Beleuchtung und der neuen Schauspielerin", wies er Henry an.

Henry schmunzelte. Er kannte Joel Damar schon einige Jahre.

„Hört sich nicht gerade begeistert an", bemerkte er deshalb beiläufig, während er einen Klecks Schminke auf Joels Gesicht verteilte. „Ich dachte, die Neue soll so ein toller Feger sein. Sie war schon das Gespräch Nummer eins, bevor sie sich überhaupt vorgestellt hat. Eddie hat mit ihr geprahlt als hätte er sie selbst entdeckt. Ist sie so außergewöhnlich wie alle erzählen?"

„Sie ist mehr gewöhnlich als außergewöhnlich!" Joel spuckte den Satz so verächtlich aus, dass Henry die Stirn runzelte. Besser er wechselte das Thema. Als Maskenbildner verkehrte er mit fast jedem Teilnehmer dieses Filmprojektes.

So war ihm natürlich auch die Anwesenheit Cheriells zu Ohren gekommen.

„Sie haben ein nettes Mädchen mitgebracht, habe ich gehört. Eine Freundin von Ihnen? Die Jungs waren ganz begeistert von ihrem Erscheinen."

„Ja, Cheriell ist etwas Besonderes", stimmte ihm Joel zu und weil er froh war, über etwas Erfreulicheres reden zu können, fügte er hinzu. „Sie hat sich vor einigen Tagen den Arm gebrochen und wohnt seitdem bei mir, damit ihr geholfen werden kann."

„Ich werde sie hoffentlich auch noch kennenlernen", grinste Henry freundlich. „Sie bleibt doch hier, oder?"

„Nein, ich werde sie heute Nacht noch nach Hause bringen, wenn sie dann irgendwann mit Jean zurückkommt. Wo sie nur bleiben?"

„Ach, da brauchen Sie sich keine Sorgen zu machen. Er wird schon aufpassen, dass ihr nichts geschieht. So fertig, das müsste reichen!"

„Danke. Und Henry, falls Sie Jean mit dem Mädchen sehen, schicken Sie die Beiden zur Hauptkulisse am Set zum Zusehen, ja!"

„In Ordnung, mache ich. Na dann, Hals und Beinbruch!", rief ihm Henry noch nach, aber Joel war schon mit großen Schritten zu dem Platz geeilt, wo jetzt in Anbetracht, dass es losgehen sollte, das Leben tobte. Dutzende Leute wuselten durcheinander. Die Drehbücher zurechtgelegt, die Kabel mit Sand verdeckt und die Utensilien verteilt. Durch die Scheinwerfer schien der Drehort taghell zu sein. Er atmete tief durch, ging langsam zu seinem Regiestuhl und suchte die entsprechende Szene heraus, die sie drehen wollten. Er gab den Kameraleuten und Technikern einige Anweisungen, sprach mit Stuntleuten. Joel war voll in seinem Element, sobald er organisieren konnte. Dann war auch seine erste Aufregung vorbei.

‚Wo Cheriell bloß blieb?'

Die Dunkelheit machte ihnen kaum etwas aus. Als Adler konnten sie auch dann sehr gut sehen. Bisher waren sie auf keinen Menschen gestoßen. Zeitweise raschelte es im Gebüsch. Aber es handelte sich hierbei nur um Kleingetier. Aello schnupperte.

„Es riecht hier nach Wasser. Ich könnte einen Schluck vertragen. Was meinst du, Bruder, sollen wir nach dem Quell suchen?"

„Ja, es wäre nicht schlecht, die Gegend ein wenig zu erforschen. Wer weiß, wie lange es dauert, bis wir Cheriell gefunden haben. Haltet nach Essbarem Ausschau, das wir als Menschen zu uns nehmen können. Die Vegetation scheint üppig zu sein. Gelaf, versuche die Größe des Waldes zu schätzen. Bediene dich dabei der Grafik-Scannung. Ist der Wald nur klein, haben wir nicht genug Deckung."

Er folgte Aello, der bereits ein Stückchen vorausgegangen war, immer die Nase in den Wind.

„Ich spüre zwei verschiedene Arten Feuchtigkeit", meinte er nun. „Die eine kommt aus der westlichen Richtung und ist mit Salz vermischt. Die andere Feuchtigkeitsquelle muss ganz in der Nähe sein."

Plötzlich hörten sie das Rauschen eines Wasserfalles. Nach hundert Metern erreichten sie ihn. Arkus bog das Gebüsch auseinander.

Vor ihnen ergoss sich tosend eine Wasserflut in ein zehn Meter tiefer liegendes Tal und floss dann weiter durch unzählige Felsen.

Manche ragten einen halben Meter aus dem Wasser, manche waren ganz überspült.

„Ganz wie zu Hause, was?", stellte Arkus fest. Seine Begleiter nickten.

Der Himmel war sternenklar und der Mond hatte fast seine ganze Fülle erreicht. So konnten sie die Umgebung sehr gut erkennen. Sie befanden sich etwa auf der halben Höhe des Wasserfalls. Arkus ließ seinen ausgeprägten Adlerblick schweifen. Jäh schreckte er zusammen.

Dort oben, am Rande der Felsen standen zwei Gestalten. Sie sahen nicht zu ihnen hinunter, sondern betrachteten den Himmel.

Arkus stieß seine Gefährten an und legte den Finger auf den Mund, während er nach oben deutete. Die Vogelmenschen sahen sich an.

Für einen Augenblick waren sie unschlüssig, wie sie sich verhalten sollten. Hatten diese Menschen sie entdeckt? Im gleichen Moment aber drehten sich die beiden Personen um und verschwanden hinter dem Gestein.

Arkus stieß hörbar die Luft aus.

„Wir müssen noch aufmerksamer sein. Wie weit reicht dieser ungewöhnlich niedrige Waldwuchs, Gelaf?", fragte er den Navigator seiner Gruppe. Gelaf zeigte ihnen auf seinem Diversorenmesser den Umfang des Waldgeländes. Die Daten zeigten ihnen ein umfangreiches Waldstück an, dessen Ausläufer sich in westlicher Richtung ausdehnte.

„Der Baumbestand ist nicht sehr dicht", stellte Gelaf fest, „und seine Grenzen sind nicht weit voneinander entfernt. Er ist nicht allzu groß, Arkus. Wir sollten ihn noch weiter untersuchen und besonders auf Nahrung achten." Damit pflückte er sich eine Handvoll Haselnüsse ab.

„Warte, wir werden sie erst an Bord überprüfen", meinte Arkus, „wir dürfen kein Risiko eingehen." Daraufhin steckte Gelaf die Nüsse in einen kleinen Bastbeutel, den er für alle Fälle mitgenommen hatte.

Als sie weiter gingen, entdeckten sie verschiedene Arten von Waldfrüchten. Auch hiervon nahmen sie Proben mit.

„Arkus", sagte Aello nach einer ganzen Weile, in der sie schweigend neben einander hergegangen waren, „wäre es nicht ratsam, noch einmal zu versuchen, Cheriell zu erreichen?"

„Wir müssen zuerst in offenes Gelände kommen, Bruder. Diese hohen Bäume würden den Kontakt unnötig stören."

„Aber zu Hause haben wir uns doch auch erreicht, wenn wir im Wald waren."

„Wir wissen nicht, wie weit entfernt sie ist, Aello. Ich möchte keine unnützen Kräfte vergeuden. Und außerdem ist nicht gesagt, dass die Menschen ganz weg sind oder sogar noch andere hier herumlaufen. Sie könnten uns stören. Das wäre sehr gefährlich für uns."

Plötzlich sahen sie zwischen den Bäumen helles Licht strahlen. Sie erstarrten. Ging die Sonne schon wieder auf? Ratlos sahen sie sich an.

Arkus löste sich von der Gruppe.

„Bleibt hier in der Deckung. Ich sehe nach, was das für ein Licht ist."

Damit schlich er behände in die Richtung, in der sie neben dem Licht auch Geräusche vernahmen. Da ertönte ein gewaltiger Knall und lautes Gekreische.

Panisch rannte er zurück und stammelte völlig außer Atem den Befehl zur Flucht. Das brauchte er seinen Leuten nicht zweimal sagen. Sie hatten sich dermaßen erschreckt, dass sie auch ohne seine Worte geflüchtet wären. Sie hatten nur auf Arkus gewartet. Nun aber hetzten sie wild drauf los, was sie enorm viel Kraft kostete, da der Rückweg fast nur bergauf ging. Als sie endlich die alte Kiesgrube erreichten, ließen sie sich erschöpft auf den Boden fallen. Nach kurzer Zeit führte Arkus sie zu dem unsichtbaren Eingang ihres Schiffes. Die Zurückgebliebenen staunten nicht schlecht über die Erzählungen.

Stumm ruhten sie sich schließlich aus und überlegten, wie sie der menschlichen Gefahr aus dem Wege gehen könnten.

*

Sie standen schon ziemlich lange oberhalb des Wasserfalles. Cheriell fröstelte, obgleich sie es genoss, den frischen Duft des Wassers und des Waldes zu riechen. Trotz der Dunkelheit schien der Wald voller Leben zu sein. Hier und dort raschelte es.

Auf halber Höhe vernahm sie eine Bewegung hinter einem Gebüsch. Als sie versuchte, Genaueres zu erkennen, war schon nichts mehr zu sehen.

‚Schade‘, dachte sie, ‚ich hätte gerne die einheimischen Tiere beobachtet.‘ So aber drehte sie sich zu ihrem Begleiter um und gab ihm zu verstehen, dass sie sich auf den Rückweg machen wollte.

Der Stuntman nickte. Er war von Natur aus kein Mensch vieler Worte. Sein Auftrag war es, auf die blonde Frau aufzupassen und das tat er. Egal, wohin sie ging, er würde sie begleiten.

Der Abstieg war nicht ungefährlich, zumal sich Cheriell nicht so gut festhalten konnte. Mit einigen Mühen erreichten sie daher erst nach längerer Zeit den Rand des Kulissenaufbaus.

Plötzlich knallte es in ihrer Nähe ganz fürchterlich. Helle Blitze sprangen quer über den Platz. Cheriell erschrak schrecklich und zitterte am ganzen Leib, während sie sich hinter einem Holzstapel verstecken wollte, der zufällig dicht neben ihr aufgestapelt war.

Ihr Begleiter Jean musste unwillkürlich laut lachen, als er sah, wie sie sich wie ein Kaninchen hinter den Stapel warf. Er ging zu ihr.

„Nur keine Angst, Miss", beruhigte er sie, „es wird gedreht. Der Krach gehört zum Film. Vermutlich war das ein gestellter Schusswechsel."

Unsicher stand sie vom Boden auf. Sie zitterte immer noch. Behutsam nahm Jean ihren Arm und führte sie dichter an die Absperrung. Nun sah sie, was sich hier abspielte.

Aus einem schwarzen Bergloch im Hintergrund qualmte es entsetzlich. Der Geruch brannte ihr in der Nase. Davor kniete ein großer Mann mit einem schwarzen Umhang über einer liegenden Frau in einem roten Kleid und schwarzen langen Haaren, die offensichtlich bewusstlos war.

Cheriell war verwirrt. Was war hier Schreckliches geschehen?

Nun hob der Mann die Frau auf. In diesem Moment schlang sie ihre Arme um seinen Hals und drückte ihre Lippen auf seinen Mund. Der Mann ließ sie fallen.

Jetzt erst erkannte Cheriell ihn, denn er schrie in diesem Augenblick die Frau an. Es war die Stimme von Joel, der ganz offensichtlich sehr wütend war. Erstaunt sah sie zu den beiden Menschen herüber.

„Was soll das Moraine?", brüllte Joel die Frau an. „Ich sage, wann der Kuss kommt. Und war das etwa ein Filmkuss?"

„Wie kannst du mich so einfach loslassen!", gab sie empört zurück. Sie versuchte sich vom Boden aufzurappeln und hielt sich das Hinterteil. „Ich hätte mir die Knochen brechen können. Auf alle Fälle habe ich blaue Flecken davon getragen, du Irrer!"

„Ich kann mich nicht erinnern, dass wir du zu einander sagen", schnauzte Joel sie aufgebracht an. „Und wenn Sie sich nicht an die Regieanweisungen halten, suche ich mir eine andere Partnerin. Haben Sie das verstanden, Moraine?"

„Ach, warum denn gleich so unhöflich? Nur weil ich mir einen Kuss von einem Star holen wollte, der zudem noch ein Eisblock ist. Na das kann ja heiter werden bei unseren weiteren Aufnahmen. Oder stehst du nicht auf Frauen?"

Triumphierend starrte sie ihn an. Die Umstehenden grinsten insgeheim. Es würden interessante Dreharbeiten werden, wenn die Beiden sich weiter so fetzten.

Joel holte tief Luft. Er hasste diese Frau jetzt schon. Er wollte noch etwas sagen, aber Aroon kam ihm zuvor.

„Kommt, kommt Kinder, nun streitet euch doch nicht gleich am ersten Tag. Es sind doch nur Probeaufnahmen", versuchte er die Lage zu entschärfen. „Ich mache euch einen

Vorschlag. Ihr dreht eine unverfängliche Szene. Den Aufstieg beim Wasserfall, ja? Die Kameraleute können sich schon mal mit den Beleuchtern auf den Weg machen."

Fragend sah er zu Joel, der mit zusammen gebissenen Zähnen dastand und schließlich knurrend nickte.

Aroon gab den Helfern einen Wink. Schon stoben Regieassistent, Kameraleute und die Beleuchter auseinander, um die Aufnahme vorzubereiten.

Moraine begab sich beleidigt zu ihrem Stuhl, bei dem die Maskenbildnerin stand und auf sie wartete. Sie zog sich die Perücke vom Kopf und warf sie in einen Korb, der neben ihr stand. Die Maskenbildnerin begann erneut mit der Arbeit.

Cheriell fiel fast der Unterkiefer herunter. Was war denn das für eine merkwürdige Frau, die ihre Haare abnehmen konnte? Sie starrte sie entgeistert an. Moraine bemerkte die Blicke und wandte sich ihr zu. Die Augen glühten.

„Was gibt es denn zu gaffen. Tu gefälligst deine Arbeit, anstatt mich anzuglotzen", giftete sie zu Cheriell herüber. Jean knurrte hinter Cheriell.

Jetzt sah auch Joel zu ihr herüber und kam mit riesigen Schritten auf sie zu.

„Lassen Sie sie zufrieden!", fuhr er die Rothaarige barsch an. Er legte Cheriell den

Arm um die Schultern und zog sie ein Stück abseits des Trubels.

Bei Jean bedankte er sich mit einem Nicken, der sich daraufhin umwandte, um den Anderen zu helfen.

„Komm", schlug Joel vor, „wir gehen zur Pantry herüber. Hast du Durst?"

„Ja, ich könnte einen Schluck Wasser vertragen. Bei Wasserfall kam ich nicht heran." Unsicher sah sie ihn an.

Seine Stirn schien immer noch bewölkt zu sein. Er knirschte mit den Zähnen und merkte es wahrscheinlich gar nicht.

„Joel?", fragte sie vorsichtig. „Du bist sehr böse, warum? Was war da eben los? Wieso kann diese Frau ihre Haare vom Kopf nehmen und wieso hat sie ihren Mund auf deinen gedrückt und wieso hast du sie erst aufgehoben und dann wieder auf den Boden geworfen?" Unwillkürlich musste Joel lachen.

Natürlich hatte es für Cheriell alles sehr merkwürdig ausgesehen. Sie wusste ja nicht einmal, was Dreharbeiten waren.

„Ach, Cheriell", begann er, nachdem er wieder ruhiger sprechen konnte, „so wie du es sagst, hört sich alles sehr lustig an, aber für mich war es der reinste Horrortrip mit dieser Frau zu drehen, glaub mir!"

„Zu drehen? Ich habe gar nicht gesehen, dass sich etwas gedreht hat, außer vielleicht der Körper der Frau, als du sie fallen ließest."

Nun konnte Joel sich nicht mehr beherrschen und lachte lauthals los.

Cheriell sah ihn bedauernd an. Der Ärmste! Worüber lachte er nur? War er nun total verwirrt. Erst ist er wütend und nun wieder fröhlich. Sie wurde nicht mehr schlau aus ihm.

„Entschuldige bitte", grinste Joel, als er ihren irritierten Blick auffing. „Ich werde dir die Zusammenhänge gleich erklären, aber deine Fragen hörten sich so putzig an, dass ich lachen musste. Ich wollte dich ganz bestimmt nicht auslachen."

Inzwischen hatten sie die Pantry erreicht. Sie bestand aus zwei ineinandergehenden Zelten, in denen Bänke und Stühle aufgebaut waren. An einer Wand entlang zog sich eine Art Tresen, auf dem allerlei Schüsseln und Teller aufgebaut waren. Sie enthielten verschiedene Gerichte, die man sich je nach Bedarf aussuchen konnte.

Hinter dem Tresen stand eine dicke Frau, die sich sofort an die beiden Eingetretenen wandte, um sie nach ihren Wünschen zu fragen.

Joel ließ sich mit Cheriell an einem kleinen Tisch an der kurzen Seite des Zeltes nieder, nachdem sie außer einem Getränk auch einen Salat gewählt hatte. Voll Genus sog die Vogelfrau den frischen Geruch der Salat- blätter ein.

Joel betrachtete sie amüsiert.

‚Sie ist schon eine außergewöhnliche Frau‘, dachte er. ‚Innerhalb kürzester Zeit hat sie meine gute Laune wieder hergestellt.‘

Er nippte an seinem Bier. Für Cheriell hatte er wohlweislich nur Mineralwasser ausgewählt. Ihm war noch zu gut in Erinnerung, wie betrunken sie bei Mark vom Wein gewesen war.

Er begann ihr nun so gut es ging die Geschehnisse zu erklären. Sie hörte ihm erstaunt zu. Ihre Augen wurden immer größer.

„Wozu ist das alles gut?", fragte sie schließlich. „Ich meine, wer hat von der Filmerei etwas. Es kostet dich viel Zeit und Anstrengungen. Was bringt es dir?"

Joel antwortete nicht sofort. Gewissermaßen musste er selbst erst einmal darüber nachdenken, was es ihm brachte.

„Na ja", erklärte er dann. „Die Menschen sehen sich diese Filme zur Zerstreuung an. Es sind eben Geschichten, die nicht jeder erleben kann und um abzuspannen, gehen die Menschen ins Kino, um sich einen Film anzusehen. Sie versetzen sich dann in die Lage des Helden. Liest man ein Buch, ist es ebenfalls so. Die Fantasie wird aktiviert. Du denkst an nichts anderes."

Er wusste genau, dass er es nicht genügend erklärt hatte, aber fand in diesem Moment keine anderen Worte.

Cheriell schwieg. Ganz begriffen hatte sie die Erklärung von Joel nicht, aber sie wollte ihn nicht länger damit bedrängen. Er sah ziemlich müde aus. Eine seiner dunklen Haarsträhnen fiel ihm ins Gesicht. Er schob sie beiseite, während er das Mädchen gegenüber betrachtete.

Die Bewegungen ihrer Hände, wie sie den Salat aß und die Gesten, während sie sprach waren durch und durch fließend und behutsam. Die Augen strahlten, sobald sie einen ansah. Und das Erstaunen darin über alles Neue war einzigartig natürlich und bezaubernd. Ihr Gang glich einem Schweben.

Keine noch so gute Schauspielerin konnte das nachmachen.

,Ja', dachte er, ,sie wäre die Richtige für diesen Film. Wenn ich bloß den rothaarigen Teufel loswerden würde.'

Die weibliche Hauptperson stellte eine wunderschöne Zauberin im Mittelalter da, die sich die Welt untertan machen wollte, allerdings an der Liebe eines tollkühnen Ritters scheitert. Moraine konnte dies nicht verkörpern. Sie strahlte nicht die Spur von Zauberhaftigkeit aus. Unwillig schüttelte Joel den Kopf.

In diesem Augenblick näherte sich einer der Helfer und informierte Joel darüber, dass man weiterdrehen könnte. Dieser erhob sich.

„Möchtest du zusehen?", fragte er Cheriell.

„Gerne", erwiderte sie. „Ich werde mich auch ganz ruhig verhalten. Das verspreche ich dir."

Er lächelte und legte seinen Arm um ihre Schulter.

„Na, dann kommt", forderte er sie sanft auf. Instinktiv schmiegte sich Cheriell an ihn.

Joel räusperte sich und löste seinen Griff etwas, bevor sie weitergingen.

Seine Gedanken flogen. Sie fühlte sich so weich an. Ihr Gang neben ihm war geschmeidig. Er warf ihr vorsichtig einen Seitenblick zu. Ihr Blick war gesenkt. Die schwarzen Wimpern zitterten. Joel musste sich stark beherrschen, um sie nicht an sich zu ziehen und zu küssen.

Am Wasserfall nickte er ihr noch einmal kurz zu, bevor er in die Szene trat. Sie lächelte ihn an und löste sich von ihm. Sofort gesellte sich Jean wortlos wie ein Schatten zu ihr, um auf sie zu achten.

Joel konnte sich ein Schmunzeln nicht verkneifen. Der raubeinige Mann stand zu seiner Verantwortung, ohne dass Joel ein Ton sagen musste.

Der Wasserfall wurde von mindestens zehn Scheinwerfern beleuchtet.

Moraine stand bereits am Fuße des Pfades, der zum oberen Teil des Berges führte und beobachtete das Treiben vor sich. Ihre Perücke war wieder geordnet, das Gesicht dem Licht entsprechend hell geschminkt. Sie hatte Aroon ordentlich herumkommandiert. Nichts schien ihr recht zu sein.

Als sie Cheriell an Joels Arm sah, warf sie ihr einen gehässigen Blick zu, sagte aber nichts. Der Ire löste sich in diesem Moment von Cheriell und übergab sie wieder der Obhut des Stuntmans.

Die rothaarige Schauspielerin griff in ihre Tasche und schluckte eine Pille herunter.

Joel vermutete, dass es sich dabei eine Kopfschmerztablette handelte. Sie spülte mit dem Getränk hinterher, welches sie noch in der Hand hatte.

Aroon gab die letzten Anweisungen und dann begannen die Aufnahmen.

Gespannt verfolgte Cheriell die Szene.

Das Paar musste über einige Felsen klettern, wobei Joel seiner Partnerin hilfreich die Hand reichte, damit sie den Aufstieg schaffte. Sie sahen sich dabei nicht an. Joel vermied es und Moraine war zu beschäftigt, nicht den Halt zu verlieren. Aroon nörgelte darüber.

„Na los!", schimpfte er. „Etwas vertrauter wird es doch wohl zu machen sein. Versuch von Zeit zu Zeit einen Blickkontakt herzustellen, Joel."

‚Es sieht sehr unbeholfen aus‘, dachte Cheriell. ‚Bei diesem Tempo sind die Beiden morgen früh noch nicht oben.‘ Dieser Gedanke erinnerte sie daran, dass sie bei Sonnenaufgang auf jeden Fall hier weg sein musste. Hoffentlich dauerte die Filmerei nicht mehr so lange. Sie konnte schließlich nicht so einfach verschwinden. Zumal Jean wie ein Wachhund auf sie aufpasste. Er wich nicht von ihrer Seite.

Die Schauspieler waren nun aus ihrem Blickwinkel verschwunden. Die Kameraleute und die Beleuchter versuchten Schritt zu halten. Der Pfad schlängelte sich durch die Büsche und Bäume, die an manchen Stellen wie im Urwald dicht zusammen standen. So war es nicht einfach für sie mit der Kamera hinterher zu kommen. Die Lichter hinter den Büschen bewegten sich mal hier mal dorthin. Der Baumbewuchs stellte sich nur noch als Silhouette dar. Der rauschende Wasserfall im Hintergrund hörte sich mit einem Mal gar nicht mehr so natürlich an. Das Ganze wirkte richtig unheimlich auf Cheriell. Sie rieb sich die Oberarme.

Da ertönte plötzlich ein Schrei, der ihr mächtig in die Glieder fuhr. Sie wollte in diese Richtung loslaufen, doch Jean packte sie am Arm und hielt sie zurück.

„Keine Panik", versuchte er sie zu beruhigen. „Das gehört wahrscheinlich zum Film. Sie würden nur in die Kameras laufen."

Sie spähte in die Richtung des Schreies und sah eine Person in einem gehörigen Tempo die Böschung hinunterlaufen.

Es war Joel. Ihm folgten ein Kameramann, sowie zwei andere Männer. Aroon rannte schnaubend hinter Joel her, bis dieser erschöpft stehen blieb.

„Bist du denn von allen Geistern verlassen, Joel?", brüllte er wütend. „Du kannst doch nicht mitten in der Szene wie aufgestochen wegrennen. Was ist bloß in dich gefahren, Mensch? Du solltest sie nicht mal küssen."

Joel kümmerte sich nicht um seinen Co-Produzenten. Er lief zu Cheriell, die mit aufgerissenen Augen an der Absperrung stand.

Was war mit Joel los? Etwas hatte ihm Furcht eingeflößt, das spürte sie. Sie sah ihm in die Augen, doch er sagte kein Wort, als er bei ihr ankam. Er nahm lediglich ihren Arm und zog sie zum Auto, drückte sie in den Beifahrersitz und fuhr, so wie er war, vom Drehgelände herunter. Seinen schwarzen Umhang und die Stiefel trug er noch und die Schweißperlen auf der Stirn ließen die Schminke im Gesicht verlaufen. Er atmete so schwer, dass Cheriell glaubte, er würde jede Sekunde umfallen. Sie drehte sich um. Hinter ihnen wurden die erstaunten Gesichter der Filmleute immer kleiner. Ein wütender Aroon stampfte mit dem Fuß.

Nach einer Weile brach Joel das Schweigen. Er fuhr rechts heran und wandte ihr den Kopf zu. Seine Stimme klang belegt.

„Moraine hatte einen rosa Schimmer in ihren Augen, Cheriell", brachte er dann heraus.

Er wischte sich mit seinem Umhang den Schweiß von der Stirn.

„Das hätte ich gesehen, Joel!", antwortete sie. „Sie hat mich doch angeschaut und wie." Er schüttelte den Kopf.

„Ich bin ganz sicher. Die Augen sahen rosa aus, glaub mir!", entgegnete er gereizt. „Auf dem Weg nach oben, kam sie mir wieder schrecklich nahe und da sah ich es. Es war unheimlich. Dieser eigenartige Blick. Als wäre sie fast weggetreten. Hättest du nicht von diesem Schimmer in den Augen der Opfer der Metaplasmusen erzählt, würde ich glauben, sie hat sich rosa Kontaktlinsen in ihre Augen getan. Aber so?"

„Sie hat doch vorhin irgendwas in den Mund gesteckt. Kann das vielleicht die Droge gewesen sein?", fragte die Vogelfrau. Ihr war plötzlich ein Gedanke gekommen.

‚Sollten die Metaplasmusen das Mittel eventuell als Kraftspender unter die Leute gebracht haben?'

Sie sprach mit Joel über ihre Vermutung. Er gab ihr Recht. Es konnte durchaus so sein.

„Wir müssen schnellstens Mark und Antonio erreichen", meinte er. „Sie suchen vielleicht in einer falschen Richtung nach den Mördern."

„Hm", machte Cheriell und seufzte. Sie war ratlos. Eine tiefgründige Furcht nagte in ihr. Furcht um ihre Freunde, die Polizisten, denn die Metaplasmusen waren gerissen.

Hoffentlich hatten diese noch nicht erkannt, dass Mark und sein Kollege hinter ihnen her waren. Joel gab wieder Gas. Nach einer Weile nahm er das Handy in die Hand und wählte die Nummer von Captain Terry. Er ließ es immer wieder klingeln. Es nahm keiner ab.

Auch er machte sich nun Sorgen. Vermied es aber genauso wie Cheriell, darüber zu sprechen, um sie nicht zu beunruhigen.

Erneut trat er das Gaspedal durch, versuchte allerdings nach einiger Zeit und mehreren scharfen Kurven nicht mehr ganz so schnell zu rasen. Ihm ging immer wieder das Bild von dem verzerrten Gesicht Moraines durch den Kopf. Joel hatte Cheriell verschwiegen, dass die Schauspielerin am Wasserfall ein Messer gezogen, schrill gelacht und ihn dann fast erstochen hätte. Der Schock saß ihm noch in den Knochen. Ihre hysterischen glühenden Augen hatten ihn starr angesehen, bevor sie zum Stoß ausholte. Er hatte sich gerade noch abwenden können und war geflüchtet.

‚Nein', dachte Joel, ‚das war nicht Moraine in ihrer Arroganz gewesen. Es musste etwas anderes sein.' Er beobachtete die Straße hinter ihm im Rückspiegel. Irgendwie befürchtete er, dass sie ihm folgte. Aber da war nichts. So fuhr in dunkler Nacht der silberne Mercedes des Regisseurs Joel Damar schnurrend übers Land. Sie wollten so schnell es ging zu ihren Freunden.

Trevers

Das grelle Neonlicht der Krankenstation stach in den Augen. Bark kniff automatisch die Augen zusammen bis sie nur noch ein schmaler Schlitz waren. Krankenschwestern rauschten an ihm vorüber. Die letzten Tage hatten an seinen Nerven gezerrt.

Man hielt Trevers im künstlichen Koma, damit sich sein Zustand stabilisierte. Die erste Auskunft vor einigen Tagen, dass sein Sohn außer Lebensgefahr war, hatte sich nicht bestätigt. Eine innere Verletzung am Hals war wieder aufgebrochen und hatte eine gefährliche Blutung verursacht. Er musste daher ganz ruhig gehalten werden, um das Risiko nicht zu vergrößern.

Durch die Komplikationen war es Bark noch nicht möglich gewesen mit Trevers zu reden. Einmal hatte er kurz die Augen geöffnet, doch sprechen konnte er natürlich nicht in seiner Lage.

Heute nun wollten die Ärzte ihn aus der Bewusstlosigkeit zurückholen.

Bark ging mit weitausholenden Schritten über den Korridor der Intensivstation. Wieder einmal hatte ihn heute am Morgen die Stimme von Schwester Margaret aus einem unruhigen Schlaf gerissen, um ihn hierher zu beordern.

Er hatte auf ein Frühstück verzichtet und war sofort losgefahren. Zu lange wartete er nun schon auf diesen Augenblick.

Er betrat das Zimmer von Trevers. Der Doktor war bereits anwesend, ebenso wie zwei Schwestern der Station, die er von den vorhergegangenen Tagen kannte. Der Arzt drückte ihm die Hand.

„Gut, dass Sie da sind Mr. Slade", begrüßte er ihn. „Ich hätte ungern ohne Sie angefangen. Es ist wichtig, dass der Kranke ein vertrautes Gesicht sieht, wenn er aufwacht. Sie wissen, dass er durchaus Schäden am Gehirn davongetragen haben kann. Hoffen wir also das Beste."

Aufmunternd nickte er ihm zu. Die Schwestern begannen mit der Gabe des Aufweckmittels. Den Kopf fest auf einem Gel-Kissen verpackt, lag Trevers auf dem Bett. Gespannt sah Bark zu wie sein Sohn mit den Wimpern zuckte.

‚Komm schon Trevers! Wach auf!', sandte ihm Bark im Stillen zu.

Trevers blinzelte! Hörbar stieß er seinen Atem aus. Und dann öffnete er die Augen und sah erstaunt die an seinem Bett stehenden Personen an.

„Trevers", Bark konnte kaum sprechen, so erleichtert war er. Ein dicker Kloß steckte in seinem Hals. „Erkennst du mich? Ich bin`s, Dad!"

„Daddy?" Die Augen musterten ihn.

Und plötzlich leuchteten sie auf. Trevers hatte ihn erkannt. Bark standen die Tränen in den Augen. Er streichelte das Gesicht seines Sohnes.

„Was machst du bloß für Sachen, mein Junge! Ich habe mir solche Sorgen um dich gemacht!", flüsterte er. Der Doktor maß den Blutdruck.

„Ich denke, jetzt ist er wirklich über den Berg. Na, mein Junge, wie fühlen Sie sich? Haben Sie noch Kopfschmerzen oder andere Schmerzen?"

Trevers wollte den Kopf schütteln, aber merkte sofort, dass er sich nicht bewegen konnte.

„So weit sind wir noch nicht", mahnte ihn der Arzt, „es wird noch etwas dauern, bis wir Sie die ersten richtigen Bewegungen machen lassen. Wie sieht es mit Ihrem Erinnerungs-vermögen aus. Wissen Sie noch, was vorgefallen ist?"

Trevers überlegte.

„Ich glaube schon", meinte er dann. „Irgendetwas ist dort an der Promenade passiert. Was war es noch?", überlegte er. Plötzlich zuckte er zusammen.

„Wo ist Linda?", fragend sah er seinen Vater an. „Wir wurden doch überfallen von einer Bande in schwarzer Lederkleidung. Was ist mit Linda? Dad, sag mir, wo sie ist!"

Besorgt wechselte Bark mit dem Doktor einen Blick.

Dieser gab ihm ganz unmissverständlich durch sein Nicken zu verstehen, dass er Trevers die Wahrheit sagen musste. So hart es auch für ihn sein würde.

„Bleib ganz ruhig, Trevers", sagte Bark daher zu seinem Sohn, während er dessen Hand nahm. „Linda ... wurde von diesen Leuten getötet, die euch überfallen haben. Jede Hilfe kam zu spät. Es tut mir unendlich leid!"

Ein ersticktes Schluchzen erfüllte den Raum. Der Doktor schickte die Schwestern raus. Trevers hielt sich die Hand über die Augen, während er in sich hineinweinte.

„Warum?", fragte er unter Tränen. „Sie war doch noch so jung. Dabei war sie diesen Hunden von Drogendealern schon so nah gekommen. Fast hätte sie diese Kerle verhaften können."

„Was sagst du da?", stieß Bark aus.

„Sie hat Dealer gejagt. Das war ihr Job. Sie hatte eine ganze Bande aufgespürt, die sich den Küstenstreifen von Los Angeles als ihr Gebiet ausgesucht haben. Und ich habe ihr dabei etwas geholfen. So als Alibi. Ein Liebespaar fällt nicht so leicht auf."

Er schluckte schwer. „Wenn ich diese Mörder je wiedersehe, bringe ich sie um. Das glaub mir, Dad! Ich werde nach ihnen suchen bis ich sie finde. Linda hat mir alles über sie erzählt."

Bestürzt sah Bark seinen Sohn an. Damit hatte er nun an wenigsten gerechnet.

Linda hatte zur Drogenfahndung gehört? Diese neue Erkenntnis musste er erst einmal verarbeiten. Der Doktor wandte sich an seinen Patienten.

„Tun Sie mir einen Gefallen, Trevers. Regen Sie sich nicht so auf, sonst liegen Sie länger auf der Intensivstation als es Ihnen lieb ist. Ich lasse sie Beide nun ein bisschen allein. Ich denke, Ihr Zustand hat sich genügend stabilisiert. Offensichtlich haben Sie noch einmal Glück gehabt. Es sind keine bleibenden Schäden zu erkennen. Mr. Slade, wir sehen uns noch." Damit verließ er das Krankenzimmer, um zu seinem nächsten Patienten zu eilen.

„Hör zu, Trevers", bat Bark seinen Sohn, als die Tür sich geschlossen hatte. „Es sind schon befreundete Polizisten von mir hinter den Mördern her. Sie waren auch darauf gekommen, dass es mit Drogen zu tun hat. Tu mir bitte den Gefallen und mische dich nicht noch mal ein, wenn du aus dem Krankenhaus entlassen wirst. Diese Polizisten sind Profis. Sie wissen am besten, was zu tun ist. Es sind Captain Mark Terry und Antonio Solero. Du kannst ihnen alles sagen, was du weißt, aber bitte ... bringe dich nicht noch mal in eine solche Gefahr, ja! Versprichst du es? Und erzähle es keinem anderen."

Trevers überlegte kurz, ehe er sprach.

„Versprochen, Dad! Aber du schickst mir so schnell es geht deine Freunde, damit ich ihnen alles erzählen kann."

Bark nickte und drückte die Hand seines Sohnes.

„Werde schnell wieder gesund. Ich lasse dir jetzt deine Ruhe und komme heute Abend noch einmal wieder, mein Junge. Schlaf ein bisschen."

„Als wenn ich die letzten Tage nicht genug geschlafen hätte", antwortete Trevers trocken und grinste. Bark grinste zurück. Seinen Humor hatte sein Sohn zum Glück noch nicht verloren nach den schrecklichen Ereignissen.

Er verließ das Hospital, um sich sofort mit Mark Terry in Verbindung zu setzen.

‚Der wird sich wundern', dachte Bark.

Pacific Coast Highway

Die Sonne war bereits seit einigen Stunden am Horizont verschwunden und nun lag ein Hauch von Dunkelheit über den sich ruhig kräuselnden Wellen des Meeres.

Diese Ecke des Strandes war kaum erleuchtet, da er nachts so gut wie nie besucht wurde. Antonio hatte in einer plötzlichen Eingebung beschlossen, den Treffpunkt an der Will Rogers Beach vor ihrem eigentlichen Abkommen zu inspizieren. Vielleicht wickelte der Dealer seine Geschäfte immer hier ab und er konnte beobachten, wie dies von statten ging.

Er hatte während seiner Fahrt versucht, möglichst nicht aufzufallen. Seine Harley stand versteckt etwa 500 Meter von seinem jetzigen Standort entfernt unter einem Gebüsch. Den Rest des Weges musste er zu Fuß gehen. Auch jetzt spähte er mit zusammengekniffenen Augen in die Dunkelheit. Er hatte sich zwar eine Taschenlampe eingesteckt, aber wollte sie aus Angst vor unliebsamer Entdeckung vorsichtshalber nicht benutzen. Seine Augen gewöhnten sich langsam an die düstere Umgebung.

Bei der Will Rogers Beach handelte es sich um einen breiten Strandabschnitt, an dem mehrere Felsausläufer direkt ins Meer hinein ragten, der. Die Asphaltstraße, die hier entlang führte, lag ein ganzes Stück höher als der Strand selbst.

An einer Seite, direkt gegenüber des Vorsprungs auf dem Antonio stand, gab es eine Palmengruppe. Sie war durch den ständigen Wind, der vom Ozean herüber blies, schon zu fünfundvierzig Grad dem Festland zugeneigt und sah aus als kippe sie jeden Moment um. Daneben erhoben sich zwei größere Steinblöcke wie Ungeheuer auf dem Strand. Als Silhouette waren die Gebäude des Volleyballvereins zu erkennen.

Er schlich weiter und vermied es, ein Geräusch dabei zu machen. Seine Füße hatten gerade den Sandstrand berührt, als ein Rascheln ihn inne halten ließ. Schnell duckte er sich in der Hoffnung auf dem flachen Strand nicht als Mensch erkannt zu werden. Abwartend schaute er zur Palmen-gruppe hinüber, aus der dieser Ton gekommen war.

Mit einem Mal tauchte eine einzelne Personensilhouette neben dem dunklen Baumschatten auf und sah sich suchend um. Sie blieb etwa zehn Meter vor Antonio stehen. Das Gesicht war nicht zu erkennen. Der Italiener spannte jeden Muskel seines Körpers und spähte zu der Person hinüber. Er erkannte, dass es sich um einen ziemlich großen Mann handelte.

‚Ein Dealer', schoss es dem Italiener durch den Kopf. Sein Inneres bereitete sich auf einen Kampf vor.

Als der Mann wiederum einen Schritt auf ihn zu gehen wollte, sprang er ihm entgegen und versetzte ihm einem kräftigen Schlag gegen das Kinn.

Antonio hatte nicht umsonst in seiner Jugend die Vizeboxmeisterschaft seines Landes errungen. Der Hieb schmetterte sein Gegenüber zu Boden, aber schlug ihn nicht k.o.!

Der Hüne stöhnte. Als Antonio ihn am Kragen packte, kam er dem Gesicht so nahe, dass er es trotz der Dunkelheit erkannte.

„Verdammt, Antonio", fluchte Mark Terry und rieb sich sein Kinn, denn auch er hatte im selben Moment seinen Kollegen erkannt. „Was soll das? Bist du verrückt geworden?" Antonio ließ ihn los und schluckte.

„Mark! Was um alles in der Welt tust du hier?", fragte er verwirrt, während er versuchte, seinem Freund auf die Beine zu helfen.

„Das Gleiche könnte ich dich fragen!", war die Antwort. „Ich wollte mir den Ort der Übergabe vorher schon mal ansehen. Auf dem Weg hierher sah ich dann einige hundert Meter von hier entfernt dein kaputtes Motorrad am Straßenrand liegen. Es war plattgewalzt, aber keine Spur von dir. Ich habe mir ernsthafte Sorgen gemacht. Ich habe den ganzen Strand in der Gegend nach dir abgesucht, als ich dich nicht in der Nähe deiner Maschine fand."

„Was? Meine Harley? Spinnst du? Die habe ich doch gut versteckt hinter einem Gebüsch zurückgelassen. Das war bestimmt eine andere Maschine", mutmaßte sein Kollege erschrocken.

„So? Hat deine Maschine nicht an ihrem metallic-grünen Tank auf jeder Seite ein Adleremblem? Und vier blank geputzte Auspuffrohre in derselben Farbe?" Mark war nicht zum Scherzen aufgelegt. Er hatte sich unglaubliche Sorgen um seinen Kollegen- freund gemacht.

Der blonde Italiener starrte ihn an und schnaubte. „Mark, nimm mich nicht auf den Arm. In dieser Sache verstehe ich kein Spaß!" Mark betrachtete ihn mitleidig und schwieg.

Dann nahm er seinen Freund am Arm und zog ihn mit sich. Nun war es Antonio klar, dass es Mark bitterernst war. Der Weg zur Straße wurde für ihn zur Tortur.

Gerade als sie dort ankamen, brauste in Richtung Santa Monica ein Auto heran. Die Scheinwerfer waren voll aufgeblendet, so dass Mark und Antonio für einen Augenblick keinen Meter weit sehen konnten. Sie hechteten an den Seitenstreifen und warfen sich vor ein Gebüsch. Dabei stießen sie unsanft mit den Köpfen zusammen. Der

Wagen machte eine Vollbremsung und setzte zurück. Es war ein silberner Mercedes.

Cheriell sprang aus dem Wagen und lief auf die Beiden zu, die sich jammernd die Köpfe hielten. Sie kniete bei ihnen nieder.

„Mark, Antonio!", rief sie überrascht aus und schob dabei Antonio die Haare aus dem Gesicht. „Seid ihr verletzt? Wo kommt ihr denn her?"

Inzwischen war auch Joel ausgestiegen und zu ihnen getreten. Er beugte sich über Mark, der im trockenen Gras saß und sich noch immer seine Beule rieb. Unwillkürlich fing Joel an zu lachen.

Die Polizisten sahen einfach zu ulkig aus wie sie dort halb erledigt im Scheinwerferlicht seines Wagens saßen.

„Ich finde das gar nicht witzig, Joel!", schimpfte Mark. „Fast hättest du uns mit deiner Nobelkutsche überfahren. Wieso rast du so? Wäre ich ein Verkehrspolizist, könntest du deinen Führerschein abschreiben, mein Lieber."

„Nun beruhige dich mal, Mark. Wir waren nur sehr in Eile, weil wir unbedingt zu dir wollten. Stellt euch vor, auf dem Filmgelände sind wir jemanden begegnet, der offensichtlich unter dem Einfluss dieser außerirdischen Droge stand. Sie hatte einen stechenden rosa Schimmer in den Augen. So etwas habe ich noch nie gesehen."

Er erzählte den erstaunten Polizisten von seiner Beobachtung, von Moraines Angriff und wie er immer wieder versucht hatte, Mark von unterwegs zu erreichen.

Cheriell hatte sich nach einer Weile umgewandt und war ein paar Schritte in Richtung Strand gegangen. Sie sog die frische Meeresbrise ein. Erinnerungen an ihre Ausflüge als Adler wurden wach. Sie stand an einem kleinen Abhang, der den Blick zum Ozean frei ließ, sofern es hell war. Langsam ging sie den schmalen Pfad hinab. Plötzlich war ihr, als würde sich dort unten etwas bewegen. Sie hielt inne.

Cheriell besaß ihre Adleraugen, auch wenn sie eine menschliche Gestalt hatte. Daher sah sie im Dunkeln besser als die Menschen.

Zuerst wirkten die kleinen Felsen im Sand wie ganz normale steinige Brocken aus. Jedoch, bei näherer Betrachtung, kam es ihr so vor, als bewegten sie sich. Sie spähte auf die circa hundert Meter vor ihr liegende Bucht. Behutsam setzte sie Fuß für Fuß voreinander und stieg den schmalen Sandweg weiter hinab, die Augen nicht von den schwarzen Umrissen lassend. Ganz leise versuchte sie zu schleichen, bedacht ja kein Geräusch zu verursachen. Hinter einem trockenen Busch hockte sie sich in sicherer Entfernung nieder und wagte einen vorsichtigen Blick in Richtung der dunklen Formen.

Es musste sich um drei Personen handeln, die ebenfalls gebückt um etwas herum hockten. Ihre Körper zuckten ganz eigenartig.

Cheriell spitzte die Ohren. Der Wind trug ihre rauen Stimmen bruchstückweise zu ihr herüber.

„Plan..., weswegen die Abmachung ..., noch mehrere Abnehmer..., müssen auf der Hut sein, ... Polizist ist ... nicht sicher!"

Sie sprachen in einem merkwürdigen Dialekt, den Cheriell kaum verstand, aber doch irgendwie deuten konnte. Eigentlich kannte sie diese Sprache nicht, überlegte sie, aber doch verstand sie den Sinn der gesprochenen Worte. In ihrer Aufregung atmete sie tief aus.

Jäh brach das Gespräch ab und die Drei richten sich auf, während sie wachsam ihre Köpfe hin und her wanden.

Nun hielt Cheriell den Atem an. Es war nicht der Laut gewesen, den sie ausgestoßen hatte, der die Wesen aufgeschreckt hatte. Der Wind hatte unmerklich seine Richtung gewechselt und nun schollen von der Straße her die Stimmen ihrer Freunde. Sie riefen nach ihr.

Cheriell war in Not. Sie konnte nicht aufspringen, um zu ihnen zu laufen. Diese unheimlichen Gestalten hätten sie sofort bemerkt. Andererseits würden ihre Freunde gleich nach ihr suchen und eventuell auf die

Leute am Strand stoßen. Dass diese Fremden nichts Gutes im Sinn hatten, daran zweifelte sie keine Sekunde. Wie konnte sie ihre Freunde daran hindern, zum Strand zu kommen? Während sie noch überlegte, huschten die Drei durch den Palmenhain und verschwanden. Cheriell wartete noch einige Sekunden, bevor sie sich erhob und wieder den Weg empor lief.

„Da bist du ja!" Joel kam erleichtert auf sie zu. „Du darfst doch nicht so einfach verschwinden, Mädchen."

Er legte seinen Arm schützend um ihre Schultern, als er in ihr verstörtes Gesicht blickte. Mark sah es und knirschte mit den Zähnen. Ironisch bemerkte er: „Musstest du noch mal Blumen pflücken oder willst du uns mit Absicht ängstigen?"

Cheriell sah ihn verständnislos an.

„Mark, was meinst du? Ich habe dort unten Geräusche gehört und bin dem nachgegangen. Lasst uns schnell hier weggehen, sonst folgen sie uns noch …!"

„Moment, Moment!" Mark ergriff grob ihren Arm, als sie zum Fahrzeug laufen wollte. Sie stöhnte vor Schmerz.

„Was ist passiert? Wovor fürchtest du dich denn so sehr?", fuhr er sie ungeduldig an.

„Am Strand waren drei Leute, die sich über irgendwas unterhalten haben. Sie kamen mir so merkwürdig vor. Ihre Bewegungen waren so anders als die der Menschen. Ich habe leider nur Wortfetzen verstanden, die sie gesagt haben. Als ihr nach mir gerufen habt, sind sie verschwunden", berichtete Cheriell mit weitaufgerissenen Augen. Sie wand sich aus seinem Klammergriff und rieb sich die Stelle, an der er sie so fest gepackt hatte.

Mark sah es, räusperte sich verlegen und blickte auf den Boden.

‚Ich verfluchter Narr', dachte er ärgerlich, ‚warum kann ich mich bloß nicht beherrschen. Ich wollte ihr nicht wehtun.'

„Entschuldige, Cheriell", brachte er dann mühsam hervor, „wir haben uns Sorgen um dich gemacht. Was ist genau da unten geschehen."

„Lasst uns bitte in das Auto steigen", bat Cheriell. „Mir ist diese Sache nicht mehr geheuer. Ich fürchte mich."

Joel drückte sie an sich und strich ihr beruhigend über das Haar.

„Na klar!", sagte er. „Kommt, sie kann uns alles unterwegs erzählen. Wir müssen sowieso allmählich zurück, sonst geht bald die Sonne auf und wir sind noch immer auf der Landstraße, wenn sie sich in einen Vogel verwandelt."

Die anderen nickten. Doch plötzlich fiel Antonio seine Harley wieder ein. Sie beschlossen, sich zuerst zu der Stelle zu begeben, an der er sie zurückgelassen hatte.

Im Auto erzählte Cheriell den Männern was sich genau am Strand abgespielt hatte.

Ratlos blickten sich alle an. Hatten diese Leute etwas mit der ganzen Geschichte zu tun?

Eigenartig war die Sache schon.

Sie rätselten, konnten sich aber keinen Reim auf das Erscheinen machen. Weit brauchten sie nicht zu fahren. Antonios gutes Stück lag ein paar hundert Meter weiter am Straßenrand. Er stieß die Tür des Mercedes auf und rannte zu seiner Maschine. Tränen traten ihm in die Augen, als er den Schrotthaufen erblickte, der vor einigen Stunden noch sein wertvollster Besitz gewesen war. Auch die anderen waren ausgestiegen und standen nun kopfschüttelnd neben ihm. Er wischte sich schnell über die Augen. Der Italiener tat Cheriell leid.

Tröstend legte sie ihre Hand auf seinen Arm.

„Wie kann das nur passiert sein? Es sieht fast so aus, als ob etwas ganz Schweres darauf gefallen ist", meinte sie schließlich.

„Da hast du Recht. Sie ist regelrecht in den Boden gedrückt worden. Wie von oben herab gefallen. Sogar das Gebüsch ist platt!", stellte Mark fest. „Hier! Rundherum sind kaum Spuren. Nur ..., seht euch das an!" Er bückte sich vor einem deutlichen Abdruck im Sand.

Die Harley wurde von einem gezackten Rand, der dem Ring einer Windrose glich, eingerahmt. Der innere Ring war ebenfalls gekerbt und erst jetzt erkannten die Freunde eine Reihe vor Symbolabdrücken zwischen den Streben.

Cheriell zog die Konturen eines der Zeichen mit dem Finger nach, immer bedacht es nicht zu verändern. In ihrem Kopf arbeitete es. Wo hatte sie diese Symbole und diese Form schon mal gesehen? Es kam ihr sehr bekannt vor. Aber von woher kannte sie es? Sie erinnerte sich nicht.

„Ich glaube", hörte sie Joel wie hinter einer Nebelwand sagen, „wir legen die Reste deiner Maschine in meinen Kofferraum und nehmen sie mit. Ich bin sicher, kein Polizist wird dir diese Geschichte ernsthaft abnehmen, sobald du berichtest, weshalb du hier warst."
Niedergeschlagen gab Antonio ihm Recht.

Die Männer verstauten die Stücke des Motorrads im Kofferraum. Als sie fertig waren, sahen sie fragend zu Cheriell herüber, die noch immer nachdenklich an dem Kreisabdruck hockte. Sie schien die Umgebung nicht wahr zu nehmen.

Stirnrunzelnd blickten sich die Anderen an. Schließlich ging Mark zu ihr hinüber.

„Cheriell", flüsterte er ihr sanft ins Ohr, während er ihr über den Kopf streichelte. „Wir wollten weiterfahren. Was ist denn los?"
Nur mit Mühe konnte sie ihre Gedanken wieder auf die Gegenwart richten. Sie stand auf, sah sich wiederum die Abdrücke und Symbole an und schüttelte ihre lange Mähne. Dann seufzte sie.

172

„Ich kenne diese Zeichen, Mark. Aber ich weiß nicht, woher! Ich habe das ganz bestimmt schon einmal gesehen."

„Es wird dir sicher noch einfallen", antwortete er und legte seinen Arm um sie. „Du siehst müde aus. Es waren anstrengende Stunden, Cheriell. Komm, wir fahren zu Joel nach Hause, damit wir alle etwas schlafen können. Und morgen überlegen wir weiter, ja!"

Sie sah ihm in die Augen und spürte die Wärme darin. Vertrauensvoll legte sie ihren Kopf an seine Schulter und ließ sich zum Wagen führen. Es stimmte, sie war sehr erschöpft von all den Aufregungen heute.

Sie merkte kaum, wie Mark sie auf den Rücksitz schob und sich neben sie setzte. Sein Blick traf auf den von Joel, der im Rückspiegel alles mitbekommen hatte. Er befürchtete Hass darin zu sehen, aber Joel grinste ihn nur freundschaftlich an. Er hatte Mark schon von Anfang an durchschaut.

„Wo steht dein Auto?", fragte Joel nach einer Weile.

„Ich bin mit einem Streifenwagen unterwegs, wollte mich mit Jenkins zwei Kilometer weiter auf dem Gasthofparkplatz des *Tryers* treffen", erwiderte Mark.

„Ich wusste gar nicht, dass du so gut zu Fuß bist", spottete Joel. „Ich dachte immer, du bist mit deinem Ferrari verwachsen."

„Diesmal wollte ich um keinen Preis auffallen. Du siehst ja, wohin das führt, wenn man an dieser einsamen Küste zu auffällig motorisiert ist." Er sah den verzweifelten Antonio von der Seite an.

„Toni, kommt, nimm es nicht so schwer mit deiner Maschine. Du bist doch ganz bestimmt versichert, oder?"

„Natürlich!", antwortete der Italiener. „Aber wer gibt mir den persönlichen Wert wieder, der ist unbezahlbar. Glaub mir, sollte ich den Übeltäter irgendwann erwischen, dann drehe ich ihm den Hals um!"

„Auf Mord steht die härteste Strafe unserer Zeit, Kumpel. Lebenslanger Erzabbau auf einem Metalltrabanten der Erde. Das solltest du dir überlegen", meinte Mark.

Er hatte schon so einige Schauermärchen über diese Erztrabanten gehört, die nun seit etwa acht Jahren die Erde umkreisten. Es sollte sich um eingefangene Meteoriten- brocken handeln, die sich die Erdregierung zu Nutze machen konnte.

Ein Stab von Wissenschaftler hatte vor zwanzig Jahren damit begonnen, ein Verfahren zu entwickeln, mit dem man Meteoritengestein abbauen konnte.

Extra dafür waren Raketenshuttles konstruiert worden, die dorthin Arbeiter für den Erzabbau transportierten. Man behalf sich mit Schwerstverbrechern, die unter besonderer Aufsicht die schwere Arbeit verrichten mussten. Es musste für die Aufseher fürchterlich sein, zwischen all den grimmigen Typen leben zu müssen. Für nichts in der Welt wollte Mark solch einen Job tun. Aber manche Leute hatten keine andere Wahl. Die Kluft zwischen arm und reich war in den vergangenen Jahren erheblich auseinander gedriftet. Die Zahl der sehr Reichen und Mächtigen war zwar nicht übermäßig groß, aber sie hatten die Macht. Korruption und Verbrechen nahmen ständig zu.

Mark schüttelte sich unwillkürlich, als er daran dachte. Cheriell rekelte sich in seinen Armen, blinzelte etwas, schlief aber sofort weiter.

‚Arme Cheriell', dachte Mark, als er sie ansah. Voller Hoffnung war sie zu seinem Planeten gekommen. Aber je mehr er überlegte, umso weniger konnte er mit gutem Gewissen sagen, dass die Erde der rechte Fleck für das Volk von Chartoriak sein würde. Waren ihre Freunde ebenso arglos wie Cheriell, wäre es ohne Zweifel ihr Untergang, wenn sie hier blieben. Man würde sie jagen, sobald man sie entdeckte. Und nun auch noch die Bedrohung der außerirdischen Drogendealer.

Was konnte eine Handvoll Menschen, die von der Gefahr wussten, dagegen ausrichten?

Entführung

Bark standen sämtliche Körperhaare zu Berge. Er hatte schon seit einer halben Stunde das Gefühl, jemand würde ihm folgen, konnte jedoch keine Person entdecken, obwohl er sich laufend umsah. Er hatte den Fußweg durch die Innenstadt von Los Angeles gewählt, um sicher zu sein, dass er Mark auch nicht verpasste.

Der Commissioner der Ermittlungsstelle im Dezernat meinte, dass er Mark ganz bestimmt im *Dance-Style* finden würde. Schließlich ermittelte der Captain meist in diesem Discoschuppen. Und das *Style* würde nach seiner Ansicht unbedingt zu den ersten Läden gehören, in denen sich Mark umsehen würde.

Leider lag die Disco in einem zwielichtigen Viertel. Jetzt bereute Bark, nicht vorher versucht zu haben, Mark über Antonio oder Joel zu erreichen. Sein Handy hatte dummerweise keinen Strom mehr. Vergeblich suchte er eine Telefonzelle, die noch intakt war. Aber je weiter er ging, desto düsterer und verkommener wurde die Gegend. Hinter ihm fiel eine Mülltonne um.

Erschreckt fuhr Bark zusammen. Er hörte sein Herz bis zum Halse klopfen. Wieder blickte er sich um. Er erstarrte.

Neben der umgefallenen Tonne stand ein fetter Riese, der ihn fast zahnlos angrinste.

Den Blick bösartig auf Bark geheftet, kam er langsam näher. Bark wich zurück.

Plötzlich schlang sich der Arm eines anderen Mannes von hinten fest um seinen Hals. Direkt unterhalb seines Kinns fühlte Bark hartes kaltes Metall. Er war unfähig sich zu bewegen. Außer des starken Arms schnürte ihm die Angst die Kehle zu. Der Angstschweiß lief ihm über sein Gesicht. Grob stieß ihn der Angreifer vor sich her, dem Dicken vor die Füße. Unsanft schlug er mit dem Kopf auf dem Asphalt auf.

„Bitte ...!" Bark versuchte ruhiger zu atmen, als er zusammengekrümmt am Boden lag. Er blickte in die feindseligen Augen der widerlichen Kreaturen, die nun über ihm standen. Jeden Moment rechnete Bark mit Schlägen und Fußtritten.

„Was wollt ihr von mir? Geld? Ich habe etwas dabei, ihr könnt alles bekommen, was ich habe." Flehend sah er in die eiskalten Augen des Mannes mit dem Messer. Vorsichtig wollte er in seine Tasche greifen.

Der Kerl über ihm schlug seine Hand beiseite. Es brannte höllisch. Bark schrie auf. Dann wurde er auf die Beine gerissen. Der Widerling griff ihm an die Kehle und drückte zu.

„Du sagst keinen Laut, verstanden? Oder du wirst sterben! Komm!"

Die raue Stimme des Schurken jagte ihm erneut einen Schauer über den Rücken. Jedes

Wort stieß er mit einem verächtlichen Zischen aus. Bark sah ihn aus aufgerissenen Augen an. Fast kam es Bark so vor, als würde in den Augen seines Gegenübers ein rotes Feuer glimmen. Er zweifelte schon an seinem Verstand. Hatte er sich geirrt?

Er kam nicht dazu, weiter darüber nachzudenken. Mit grober Gewalt wurde er in einen Lieferwagen gestoßen, in dem er nach Luft japsend, liegen blieb.

Der Wagen setzte sich in Bewegung und kurvte durch die Gassen des Stadtteils. Der Musiker wurde hin und her geschleudert. Verzweifelt suchte er nach einem Halt und erwischte schließlich eine Halterung der Plane. An ein Entkommen war nicht zu denken. Die Entführer fuhren zu schnell.

Ganz plötzlich stoppte der Wagen. Die Plane wurde zur Seite gezogen, der Messermann packte Dark mit festem Griff an den Schultern und drängte ihn durch eine schmale Holztür.

Bark hatte gerade noch einen Blick auf einen über ihm aufragenden Kirchturm erhaschen können, bevor man ihn durch matt beleuchtete Gänge in ein kleines Zimmer mit kalten Steinwänden führte.

Erschöpft sank er auf eine Pritsche, die an der Wand stand. Die Tür wurde sofort hinter ihm abgeschlossen. Eilige Schritte entfernten sich.

Bark atmete schwer und sein Herz raste. Schließlich begannen auch noch die Knie zu zittern. Ich habe einen Schock, schoss es ihm durch den Kopf.

‚Ganz ruhig, Bark! Reg dich nicht auf! Keine Panik und erstmal nachdenken, was passiert ist.'

Den Rücken an die kalte Wand gepresst, konzentrierte er sich auf seine Atmung und entspannte sich etwas. Er sah sich in dem Raum um, soweit er überhaupt etwas erkennen konnte. In einer Nische, die in gotischem Stil aus dem Mauerwerk gehauen war, stand lediglich eine große Altarkerze und spendete das karge Licht. Denn außer eines vergitterten Loches, ziemlich weit oben unter der Decke, war der Raum fensterlos. Vielleicht ein ehemaliges Mönchszimmer. Bark seufzte.

Was wollten diese Kerle von ihm? Er war nicht so reich, um ein saftiges Lösegeld zu erpressen. Vor allem, wer würde es zahlen? Trevers lag im Hospital. Lydia hatte kein Interesse, ihn je wieder zusehen. Außerdem würde man sie sowieso nie erreichen. Sie reiste irgendwo mit ihrem Lover um die Erde und amüsierte sich.

Bark rieb sich seine verletzte Hand. Der Typ hatte sehr stark zugeschlagen. Nun drangen die Schmerzen in das Bewusstsein des Musikers. Er glaubte fast, dass ihm die Hand zerschmettert worden war.

‚Vielleicht wird Mark ja von meiner Suche nach ihm erfahren', überlegte Bark. ‚Es wäre denkbar, dass er meiner Spur bis in die verhängnisvolle Gasse verfolgt und so.'

‚Nein', er seufzte, ‚der Captain kann dieser Spur nicht einmal nachgehen, weil wir eine ganze Zeit mit dem Auto unterwegs gewesen sind. Ich muss abwarten, was sie von mir wollen. Es bleibt mir gar nichts anderes übrig.'

Bark stand auf und wanderte in seinem Gefängnis auf und ab.

Nach Stunden der Ungewissheit hörte er plötzlich vor der Tür ein Poltern. Im gleichen Moment wurde sie aufgestoßen.

Bark traute seinen Augen nicht. Man brachte Trevers herein. Der Verband an seinem Kopf hing halb abgewickelt an seinen Schläfen herunter.

Verblüfft starrte ihn sein Sohn an.

„Dad!", stieß er hervor. Bark trat schnell einen Schritt auf ihn zu, um ihn zu stützen. Er führte ihn zur Holzpritsche und half ihm, sich daraufzulegen.

Trevers stöhnte auf, als er während dieser Bewegung gegen die Wand kam.

„Mein Gott, Trevers! Was haben sie mit dir gemacht? Wie konnten sie dich finden?"

Wütend sah er zu den beiden widerlichen Gestalten herüber, die so grob mit seinem Sohn umgegangen waren. Diese blickten lauernd zu den beiden Gefangenen von der schweren Eichentür aus herüber.

Bark vergaß jegliche Vorsicht und seine Angst, obwohl ihm in diesem Moment klar wurde, dass die Entführung mit den Drogendealern zu tun haben musste.

„Was soll das alles?", brüllte er los und sprang auf sie zu. „Was wollt ihr von uns?"

Fast hätte er den Dicken mit seiner unverletzten rechten Hand auf das Kinn geschlagen, aber der andere Kerl kam ihm zuvor und drehte Bark den Arm nach hinten, während er ihn mit einem gewaltigen Schwung gegen die Wand warf.

Stöhnend blieb der Musiker liegen. An seiner Augenbraue machte sich ein dünner Rinnsal von hellem Blut selbständig. Bark biss die Zähne zusammen. Er würde kämpfen und zwar für seinen Sohn, aber im richtigen Augenblick.

Bark erkannte, dass er zu voreilig explodiert war. Er musste unbedingt seine Kräfte sparen, um Trevers und sich hier wegzubringen. Diese Kerle waren ohne Zweifel stärker als sie, aber unter Umständen nicht klüger.

In diesem Moment trat noch ein anderer, sehr viel schmächtigerer Mann in den Raum.

„Was hast du wieder angestellt, Sicarius?", tadelte er den Killer mit einschmeichelnder Stimme. Diese Stimme erinnerte Bark an seine Kindheit, als er mit Freunden in einen Blecheimer gesprochen hatte. So leer und hohl war der Klang. Fast ohne Gefühl, aber doch so, dass einem ein Schauer über den Rücken lief, sobald man sie vernahm. Dieser Mann war wie ein Priester gekleidet, allerdings nahm Bark es ihm nicht ab, dass er tatsächlich einer war. Die Hände vor der Brust gefaltet, mit einem Blick, der nicht hätte frommer sein können, näherte er sich langsam den beiden Entführten.

Bark sammelte alle seine Kräfte und erhob sich vom Boden. Er setzte sich zu Trevers auf die Liege.

„Oh! Es tut mir unsagbar leid", säuselte der Priester, während er Bark aus seinen listigen kleinen Augen anfunkelte, „dass Sie solche Unannehmlichkeiten haben. Sicarius kann sich manchmal einfach nicht beherrschen. Darf ich mich vorstellen? Mein Name ist *Latro.* Sie wollten wissen, warum Sie hier sind, Mr. Slade?"

Bark nickte. Die joviale Art von Latro irritierte ihn. Fragend sah er ihn an. Dann stutzte er.

Was war mit diesen Menschen los? Auch bei dem Priester entdeckte Bark ein Glitzern in den Augen, welches ihn an ein Höllenfeuer erinnerte.

„Nun, dieser junge Mann", Latro wies mit spitzem Finger auf Trevers, „hat uns mit seiner Partnerin einige Schwierigkeiten beschert. Um nicht zu sagen, er hat unsere Existenz hier auf der Erde bedroht. Deshalb muss er beseitigt werden. Deswegen sind Sie hier. Aber es gibt noch einen zweiten Grund. Er betrifft ihre neugierigen Freunde hier in Los Angeles."

Bark warf Trevers einen bangen Blick zu, der ihn furchterfüllt erwiderte. Eine entsetzliche Ahnung keimte in ihm auf.

‚Nur nichts verraten', dachte Bark voll Furcht. ‚Sollten dies die Außerirdischen sein? Was hatte Cheriell noch von dem Schein der Augen gesagt?' Sein Gehirn lief auf Hochtouren.

„Ich weiß nicht, wovon Sie überhaupt sprechen", Bark schaute dem Priester fest in die Augen. Er versuchte seiner Stimme einen betont sachlichen Klang zu geben, als er fortfuhr. „Mein Sohn muss ins Krankenhaus zurück. Eine Bande Gewalttätiger hat ihn überfallen und niedergeschlagen. Er liegt schon seit einigen Tagen dort. Wie sollte er ihnen da Schwierigkeiten gemacht haben?"

Latro grinste. Es war ein so unnatürliches und gemeines Grinsen, dass Bark es wiederum einen Schauer über den Rücken jagte. Latro wandte den Kopf ruckartig zu seinen Kumpanen um.

Als die Antwort kam, war es fast nur noch ein Zischen, das den Raum erfüllte.

„Jaa, zisch .... sicherlich! Sie haben keine Ahnung ... nicht wahr? Nie etwas von DIFFI gehört ...? Hä? Aber ihre ... zisch ... Freunde, die Poli ... zisch ... zisten, die schon!" Sein glühender Blick fixierte Bark.

Wütend fuhr Trevers in die Höhe. Wenn er bisher noch nichts geahnt hatte. Jetzt wurde ihm alles klar.

„Ihr elenden Mistkerle", schrie er die Drei an. „Ihr habt meine Freundin Linda auf dem Gewissen!" Mit einem Schwung warf er sich gegen den verdutzten *Latro,* drückte ihn mit aller Kraft gegen die Wand und schlug auf ihn ein. Trotz seiner Verwundung entfaltete er in diesem Moment Bärenkräfte.

„Trevers! Nein!", brüllte Bark und sprang ebenfalls auf. Ihm blieb nichts anderes übrig als sich wie sein Sohn auf ihre Gegner zu stürzen, denn die anderen Beiden wollten ihrem Boss zur Hilfe kommen.

Das Handgemenge, das nun entstand, wirkte schon beinahe komisch. Bark hatte dem verblüfften Sicarius das Messer bei erster Gelegenheit entwendet und stand nun breitbeinig vor dem etwa glcichgroßen Killer und fuchtelte mit dem Messer vor dessen Nase herum.

Erstaunlicherweise gelang es dem Außerirdischen nicht, sein Messer zu greifen. Ganz offensichtlich waren die Metaplasmusen wenig reaktionsschnell. Er folgte lediglich mit verwirrtem Blick der glitzernden Klinge, griff jedes Mal ins Leere, sobald er sie packen wollte.

Der Dicke, Nitesco, versuchte Trevers an den Schultern zu packen, um ihn von Latro wegzuziehen. Trevers verpasste ihm einen

Kinnhaken mit seinem Ellbogen, so dass er zurücktaumelte. Der feste Verband an seinem Hals verfärbte sich.

Das Gesicht des Priesters war inzwischen blutunterlaufen und kaum noch zu erkennen. Der Junge nahm den Kopf seines Gegners in beide Hände und knallte ihn mit voller Wucht gegen die Steinwand.

Latro sackte in sich zusammen. Er stieß noch einen spitzen Schrei aus und blieb mit weit geöffneten Augen liegen. Die beiden anderen Kerle erstarrten und blickten fassungslos auf die zusammen gekrümmte Gestalt.

Plötzlich entwich aus dessen Augen ein rosafarbenes Gas, das sich zu einer ungleichmäßigen Wolke formte und den Weg aus der Kammer suchte.

Voll Panik ergriff Bark den Arm seines Sohnes, zog ihn zur Tür hinaus und rannte den Gang hinunter, der sich dort anschloss, genau in die entgegengesetzte Richtung. An dessen Ende befand sich wiederum eine stabile Eichentür.

Sie landeten im Kirchenschiff, bahnten sich einen Weg durch die zum Gottesdienst versammelten Betenden, die ihnen verwundert nachsahen und erreichten schließlich das Portal mit der rettenden Außentür. Schwer atmend blieben sie stehen, um sich zu orientieren.

Keiner von beiden kannte diese Gegend und so entschlossen sie sich, auf gut Glück in eine der Seitenstraßen zu laufen, um wenigsten aus Sichtweite des Hauptportals zu sein.

„Und jetzt?", fragte Trevers schnaufend. Er hielt sich den schmerzenden Arm.

„Wir versuchen ein Taxi zu finden", antwortete Bark, „und dann müssen wir schnellstens Mark warnen. Ich glaube, sie wollen Mark und Antonio umbringen. Ich möchte bloß wissen, wie sie dahinter gekommen sind, dass die Beiden ihnen auf der Spur sind. Es sah ganz danach aus als ob sie alles wissen."

„Was glaubst du", fragte Trevers nach einiger Zeit, während sie weitergingen und nach einem Taxi Ausschau hielten, „ob sie schon viele Menschen mit ihrer Droge unter ihrem Einfluss haben? Es kann ja sein, dass sogar im Hospital ihre Spitzel herumlaufen oder bei der Polizei, ohne dass jemand es merkt."

Trevers erzählte ihm, dass er von dem Dicken aus dem Hospital abgeholt worden war. Er hatte sich als Polizist ausgegeben.

„Das fehlt noch", seufzte sein Vater, „dann weiß ich beim besten Willen nicht, wie Mark dagegen ankämpfen will. Wir müssen auf alle Fälle die Augen aufhalten. Denk an den rotglühenden Schimmer in den Augen dieser Typen. Cheriell sagt, daran erkennt man sie."

„Wer ist denn Cheriell?", fragte der Junge verwundert und sah seinen Vater von der Seite an. Es war ihm nicht entgangen, mit welcher Zartheit dieser den Namen ausgesprochen hatte. Auch als die Antwort kam, huschte ein sanftes Lächeln über das Gesicht des Befragten.

„Sie ist eine Freundin von Mark und wohnt derzeit bei Joel! Vorübergehend bis Mark den Fall gelöst hat, meine ich, damit ihr nichts passiert."

„Aha!", sagte Trevers nur, ließ aber seinen Blick nicht von seinem Vater. Dieser erwiderte den Blick und räusperte sich.

„Na ja, sie ist so was wie eine gemeinsame Freundin. Man muss sie einfach gern haben. Wir haben sie alle, äh, ins Herz geschlossen oder na ja ... wir mögen sie eben!" Bark verhaspelte sich.

„Aha!", meinte Trevers wieder. „Ich hab schon verstanden. Ist o.k., ist o.k., Dad!"

„Nein, Trevers, du verstehst nicht. Sie ist Marks Hauptzeugin und muss deshalb geschützt werden. Joel passt auf sie auf. Sie hat den Überfall beobachtet! Sie hat dir das Leben gerettet, weißt du. Ich bin ihr sehr viel schuldig!", fügte er leise hinzu.

„Tatsächlich?" Trevers schluckte. „Und sie hat die Mörder von Linda gesehen?" Seine Augen glänzten feucht. Bark nickte.

„Ja! Das hat sie. Deshalb ist sie auch in Gefahr. Und deshalb wird sie von Joel beschützt, während Mark Terry und Antonio Solero versuchen die Mörder und Dealer zu erwischen. Aber kein Wort zu irgend-jemanden. Hast du verstanden? Wer weiß, wieviel diese Außerirdischen schon wissen und ob sie Cheriell dann auch noch töten."

Den letzten Satz hatte Bark nur ganz leise für sich gesprochen, aber Trevers hatte ihn wohl gehört.

‚Es muss sich um eine imposante Person bei dieser Cheriell handeln', dachte er, dass sein Dad von ihr so beeindruckt war. Er musste sie unbedingt kennen lernen.

Endlich hielt ein Taxi. Der Fahrer musterte sie mit kritischem Blick. Erst jetzt wurde Bark klar, dass er schmutzig und blutverschmiert war, genauso wie sein Sohn, der sich mit einer Hand den verletzten Hals hielt.

„Wir … äh ... hatten einen kleinen Unfall", versuchte er daher dem Taxifahrer zu erklären. Er gab ihm die Adresse von Mark Terry, worauf der Fahrer etwas freundlicher guckte. Diese Fuhre würde ihm einen Batzen Geld einbringen.

„Sie können doch bezahlen? Es wird nicht billig werden dorthin, mein Freund. Ist `ne lange Strecke!", fragte er misstrauisch.

Bark langte in seine Jackentasche und zog mehrere Geldscheine heraus.

„Langt das?" Der Fahrer grinste und nahm die Scheine.

„Und ob, Meister!", antwortete er. „Dafür fahre ich Sie auch noch zurück!"

„Das wird hoffentlich nicht nötig sein", meinte Bark, „aber Sie bekommen das Rückfahrgeld trotzdem, wenn Sie sich beeilen!"

„Wird gemacht", war die knappe Antwort. Der Taxifahrer gab Gas. ‚Heute ist mein Glückstag', dachte er.

Trevers schloss erschöpft die Augen. Er sah sehr blass aus. Bark überlegte, ob sie nicht doch lieber ins Krankenhaus fahren sollten. Verwarf diesen Gedanken aber gleich. Dort würde er vielleicht in Gefahr sein.

Also lehnte er sich ebenfalls zurück, um sich auszuruhen.

‚Wie waren die Außerirdischen an Trevers gekommen? Woher wussten sie in welchem Krankenhaus er war? Wie war es möglich, dass sie ihn ohne weiteres dort abgeholt hatten? Auch wenn der Kerl sich als Polizist ausgegeben hatte. Ohne Papiere hätte er keinen Erfolg gehabt.'

Nicht einmal Bark könnte seinen Sohn ohne polizeiliche Genehmigung dort herausholen.

Dropflyer

Der Metaplasmuse Nitesco hatte nach der bedauerlichen Flucht ihrer Gefangenen und nachdem er seine Schreckensstarre überwunden hatte, vergeblich versucht, die Beiden einzuholen. Nun traf er auf seinen Gefährten Sicarius, der in einem durchsichtigen Behälter die gasförmige Masse von Latro in den Händen hielt.

Ihnen war klar, dass Latro schnellsten einen neuen menschlichen Körper benötigte. Dazu mussten sie jedoch einen Drogenabhängigen finden, der bereits höhere Dosen ihrer Droge eingenommen hatte, denn nur bei einem schwachen Geist gelang es den gerissenen Metaplasmusen die Macht über dessen Körper zu erlangen. Bei seinem Spender, wie er ihn nannte, war es verhältnismäßig leicht gewesen, die Oberhand zu gewinnen.

Der dicke Polizist verbrachte seine Freizeit entweder mit Essen oder beim Falschspielen in den verrauchten Kneipen. Ein weiteres Laster war das Einatmen bunter Dämpfe, die ein Glücksgefühl bei dem Betreffenden stimulierte, so dass dieser alles um sich herum für kurze Zeit vergaß.

So war es Nitesco gelungen, den Körper von Leutnant Weston für seine Pläne zu nutzen, der glücklicherweise Zugang zu den gesamten Ermittlungsunterlagen hatte, da er im Kommandostab arbeitete.

Nitesco wusste er genau, wonach er suchen musste. Für ihn war es logisch, dass er alle Menschen aus dem Weg räumen musste, die erkannt hatten, welch eine Funktion die Droge DIFFI erfüllen sollte.

Auch Sicarius war so schlau gewesen und hatte für sich den Körper eines kräftigen Menschen ausgewählt.

Er hatte sich einer Gruppe junger Leute angeschlossen, die auf dieser eigenartigen Welt die *Brock-Gang* genannt wurde. Einer dieser Männer war kurz davor gewesen, sich den Todesstoß zu versetzten. Sicarius war es gelungen, in die Spritze zu schlüpfen und seitdem führte er die Gang an.

Jeder in dieser Gruppe war mit einer Schlange auf dem Arm tätowiert. Und diejenigen, die schon einmal getötet hatten, durften sich zusätzlich ein verschnörkeltes Kreuz darüber tätowieren lassen.

Seine Gefolgsleute gehorchten ihm aufs Wort. Sie spürten mit Nitescos Hilfe das Mädchen auf, welches verdeckte Ermittlungen anstellte, um den Hauptverantwortlichen der Verteilung der neuen Droge zu finden. Sie war ihnen verdammt nah auf der Spur gewesen.

Es war ihm also nichts weiter übrig geblieben, als sie aus dem Verkehr zu ziehen. Die beiden Außerirdischen waren sicher, dass der Partner der Frau ebenfalls Bescheid wusste.

Deshalb schlich sich Nitesco ins Hospital ein und entführte den noch bettlägerigen Freund ihrer Feindin, um aus ihm herauszubekommen, was sie bisher erfahren hatte. Später wollte er ihn unschädlich machen. Den Vater dieses Menschen hatte er nur darum ebenfalls verschleppt, um ein Druckmittel gegen ihn zu haben.

Es war ein Leichtes gewesen seine Tat zusammen mit Sicarius zu vollenden. Der gerissene Latro hatte für sich den unscheinbaren schmächtigen Körper eines Geistlichen erwählt. Nun wurde dies zu einem Problem, da sich Latro gegen die Angriffe dieses wütenden Menschen nicht hatte wehren können. Es würde Zeit kosten, erneut einen willigen Körper für Latro zu finden. Zeit, die sie nicht hatten.

Noch kam Nitesco nicht dahinter, wo sich der Captain Terry und sein Kollege Solero derzeit aufhielten. Jedenfalls nicht genau. Die Telefonate, die er belauscht hatte, waren ungenau und irgendwie schwammig gewesen. Mag sein, dass Terry noch gar keine Fährte hatte. Aber wie kam dann das Motorrad von Solero ausgerechnet in die Nähe des allgemeinen Übergabeortes der Droge.

Sicarius Gang hatte das Zweirad des Italieners in einem Gebüsch an der Will Rogers Beach entdeckt. Es handelte sich unverkennbar um jenes, über das er schon mehrmals mit Nitesco gesprochen hatte. Da gab es keine Zweifel. Es war sehr auffällig in dieser Gegend.

Die Brock-Gang war ohne Sicarius, der sich mit dem Dicken treffen wollte, gerade auf einer Tour zum Keys-Ground gewesen. Sie sollten die Dropflyers ausprobieren, die sie in ihrem Versteck am Stadtrand von Los Angeles entwickelt hatten. Diese Art gefährlicher Fortbewegungsmittel waren für sie sinnvoller als die herkömmlichen Fahrzeuge auf der Erde.

Mit dem Wissen der Vergangenheit und dem Geschick seiner Kumpanen hatten sie ein Fluggerät für jeweils eine Person entwickelt, das schnell und wendig war und sich schwebend über dem Boden halten konnte.

Allerdings waren diese Maschinen gewiss noch verbesserungsfähig, denn zwischendurch stürzten sie immer wieder auf die Erde, was vermutlich bedeutete, dass sie die Erdanziehungskraft nicht korrekt bemessen hatten.

Sicarius ließ den radförmigen Puffer unterhalb des Gerätes mit den Insignien der Metaplasmusen versehen. Diese bestanden aus uralten überlieferten Zeichen seines Volkes, die sie durch Vererbung des Wissens ihrer Vorfahren im Gedächtnis behielten.

Eben diese Landepuffer hatten das Fahrzeug Soleros unter sich zermalmt. Ein Missgeschick, das sich nicht ändern ließ.

Ein Teil der Gang flog weiter, während die anderen Drei auf Befehl von Sicarius, den sie telefonisch informiert hatten, den Strand nach dem Besitzer absuchten.

Da sie nicht vorzeitig entdeckt werden wollten, ließen sie die Dropflyer versteckt zurück und wanderten den Strand entlang. Schon bald fanden sie Abdrücke der Füße eines einzelnen Menschen im Sand und folgten ihnen.

An der Will Rogers Beach traf eine weitere Fußspur darauf. Hier wurde es sehr verwirrend. Der Sand war stark aufgewühlt. Man konnte kaum noch Einzelheiten erkennen. Es schien ein wilder Kampf stattgefunden zu haben.

Irritiert von der Situation beschloss die Gruppe den Rückweg anzutreten. Sie hatten sich mit dem Rest ihrer Kumpanen am Pacific Coast Highway im Gasthof *Tryers* verabredet.

Dort würden sie sich nun hinbegeben und weiter beratschlagen.

Umgehend informierten sie ihren Anführer über den Stand der Dinge. Man musste behutsam vorgehen.

Als Nitesco von den neuen Umständen erfuhr, entschied er, mit Latro im Glas ebenfalls zum *Tryers* zu fahren.

*

Cheriell träumte. Der Traum bescherte ihr ein wohliges Gefühl der Geborgenheit. Ihr Wunsch nach Kontakt zu ihresgleichen brachte ihre Gedanken dazu, sich weitab der Geschehnisse zu begeben, um ihre Brüder zu finden. Seit Tagen fühlte sie nicht mehr so intensiv ihre Gabe der Telepathie wie in diesem wundervollen Traum, während sie in den Armen des Polizisten lag und ihrer Erschöpfung wegen fest schlief.

In der Zeit, wo sich der Körper ausruhte, bewegte sich der Geist in die nächsten Dimensionen.

Ihre Sinne lösten sich vom Fleisch und glitten sanft durch die Lüfte, über den nächtlichen Sandstrand und die angrenzenden Palmengruppen, um jeden denkbaren Fleck der weiteren Umgebung abzusuchen. Dabei sandte sie Signale in alle Richtungen, besonders aber ins weite Universum. Diese Kunst lernten die Bewohner Chartoriaks bereits von klein auf.

Bei einem erwachsenen Vogelmenschen war sie ausgereift und vollkommen. Nur in Zeiten extremer Anspannung funktionierte es nicht besonders gut.

In den letzten Wochen waren Unmengen an Eindrücken auf Cheriell eingestürmt, so dass ihr Gehirn allmählich Schwierigkeiten bekam, dies alles zu verarbeiten. Vorbei war das gleichmäßige Leben auf Chartoriak.

Die immer wiederkehrenden Rituale. Was war geblieben außer einer großen Leere und der Sehnsucht nach dem eigenen Volk. Die Sache mit den Metaplasmusen hatte dem Gipfel die Krone aufgesetzt.

Es war wirklich an der Zeit, dass die Vogelmenschen zur Erde kamen, da Cheriell nur darin eine Chance sah, die Bösen zu vertreiben. Mut dafür schöpfte sie aus dem Wissen, dass es auf Chartoriak schon einmal gelungen war, sich gegen diese unberechenbaren Feinde zu behaupten. Der Planet Erde benötigte dringend Hilfe.

Nur wenige hatten die Gefahr von außen erkannt und diese Leute konnten nichts viel dagegen unternehmen, da sie nicht wussten, wo die Schwachstelle der Eindringlinge lag. Aber der alte Kondor, das war gewiss, würde einen Rat wissen. Cheriell war während ihrer Ruhepause klar geworden, dass eine Hilfe einzig und allein in der Kraft ihres Volkes lag, denn sie hatten sich ja schon einmal erfolgreich gegen die Inversion der fremden Außerirdischen gewehrt. Trontan oder Karsar würden wissen, was zu tun sei. Sie hoffte inständig, dass sie auf dem Weg zur Erde waren. Diese tiefe Hoffnung geisterte durch das Unterbewusstsein der zierlichen Vogelfrau herum, als sie schlafend im Auto von Joel bei Morgengrauen ihre Adlergestalt zurückerlangte und sie lautlos nach ihren Freunden von Chartoriak rief.

Mark hatte liebevoll seine Jacke um Cheriell gewickelt, damit sie während des Schlafens nicht fror. Als sie so plötzlich die Gestalt des weißen Adlers angenommen hatte, war er jäh zusammengezuckt. Bisher wusste er ja nur aus den Erzählungen von Joel, was sich dann abspielte.

Aber diesmal berührte er sie, als es geschah. Er spürte ein Prickeln, das durch seinen gesamten Körper floss, fast wie das elektrische Vibrieren eines laufenden Motors, das sich jedoch kurze Zeit später wieder verflüchtigte.

Der Strahl, der sie komplett erfasste, wurde so hell, dass von Cheriell nichts mehr zu sehen war, obwohl sie sich so dicht neben ihm befand. Mark musste die Augen schließen, so wurde er geblendet.

Aber fast im selben Moment tauchte aus dem einem Sonnenstrahl ähnlichem Licht das weiß-silbrig schimmernde Gefieder des Adler-weibchens auf. Auf dem Boden des Autos lagen nun die Schuhe, welche Joel ihr geschenkt hatte. Sie trug immer ihr weißes Kleid, das sie schon an dem Tag angehabt hatte, als Mark Cheriell kennenlernte.

Die Eigentümlichkeit dieses Kleides war ihm bereits aufgefallen. Der Stoff glänzte leicht und fiel wie eine zweite Haut über ihren Körper. Es hatte fast dieselbe Farbe wie das Federkleid des Vogels. Wenn man mit der

Hand darüber hinweg strich, fühlte man ein regelmäßiges Muster kleiner Unebenheiten.

Jetzt, wo er wusste, wer sie war, bemerkte er, dass es sich dabei um das gleiche Muster handelte wie das Gefieder, wenn es glatt an ihrem Vogelkörper lag.

‚Es ist schon eigenartig‘, dachte er. ‚Als ich Cheriell vor einigen Tagen aus meinem Auto in meine Wohnung gebracht habe, war ich mir gar nicht darüber bewusst gewesen, dass dieses Kleid genauso zu ihrem Körper gehört wie das Fell eines Tieres.‘

Er war sich nicht sicher, ob sie es überhaupt jemals ablegen konnte. Er streichelte den Adlerschopf. In welche Situationen man gelangen konnte. Vor einer Woche noch hätte er jeden ausgelacht, der ihm weismachen wollte, es gäbe außerirdische Lebewesen. Und nun hatten sie es unerwartet mit zwei verschiedenen unbekannten Spezies zu tun. Fast fühlte er sich wie in einem Science-Fiction-Film.

Eine Gruppe Außerirdischer suchten auf der Erde eine neue Heimat. Die andere Gruppe waren bösartige Eindringlinge, die seinen Planeten beherrschen wollten. Und mittendrin steckten er und seine Freunde, die zwar die Fakten kannten, aber nicht wussten, wie sie das Böse bekämpfen sollten.

Mark schloss für einige Minuten die Augen. Auch er war übermüdet. Jedoch wollte sich kein Schlaf einstellen. Sein Kumpel Antonio schnarchte auf dem Beifahrersitz des komfortablen Wagens.

Mark fing den Blick von Joel im Rückspiegel auf.

„Hat sie sich verwandelt?", flüsterte er.

„Ja, aber sie schläft weiter. Wir müssten doch gleich da sein, oder?", erwiderte Mark leise.

„Ja, hinter der nächsten Kurve muss es sein", meinte Joel. „Was hältst du davon, wenn wir uns im *Tryers* Zimmer mieten und erst mal etwas schlafen. Ich bin todmüde!"

„Gute Idee, Joel. Ich weiß nicht, wie Cheriell reagiert, wenn sie aufwacht und sich, so wie sie ist, in einem fahrenden Auto wiederfindet."

„Ja, kann ja sein, dass sie gar nicht so wie ein Mensch denkt, wenn sie ein Vogel ist. Vielleicht bekommt sie Angst und strampelt sich frei", stimmte Joel ihm zu.

Inzwischen kam der Parkplatz in Sicht. Der Polizeiwagen von Jenkins parkte auf der einen Seite des Eingangs. Daneben stand ein alter Rover, der einen schrottreifen Eindruck machte. Sonst war der Parkplatz leer.

„Es scheint nicht viel los zu sein", meinte Joel und schaltete den Motor aus. „Sie werden sicher noch Zimmer für uns haben. Ich gehe hinein und miete zwei, einverstanden? Danach müssen wir Cheriell irgendwie hineinschmuggeln.

„Ja, mach das. Hoffentlich wird es kein Problem. Ich suche inzwischen Jenkins und schicke ihn nach Hause. Er hat Frau und zwei Kinder, die werden ihn schon vermissen. Seine Schicht ist bereits seit einer Stunde vorbei. Antonio!", weckte Mark den Italiener.

„Oh, nein, Amigo", brummte dieser verschlafen und rekelte sich. Er hob den Kopf. „Wo sind wir?"

„Komm schon, Toni! Du musst auf Cheriell aufpassen, während wir ins *Tryers* gehen. Achte darauf, dass sie keiner sieht und dass sie ruhig bleibt, sobald sie aufwacht. Wir mieten zwei Zimmer und ruhen uns dann aus."

Antonio schlängelte sich auf den hinteren Sitz und legte seinen Arm um den Adler.

Die beiden Freunde betraten währenddessen bereits den Gasthof.

*

Kilometerweit von diesem Ort entfernt, ruhten die Kundschafter von Chartoriak in bewegungsloser Starre. Ihre schnelle Flucht aus der Nähe des Wasserfalls hatte sie immense Kräfte gekostet. Die Enttäuschung ihres Misserfolges brachte ihre Gedanken total durcheinander. Sie waren zuerst gezwungen, den Geist neu zu ordnen. Der starke Knall hatte bei ihnen so etwas wie eine innere Panik ausgelöst, die es nun zu überwinden galt. Sie sammelten ihre Gedanken und schlossen sie zu einem festen

Band zusammen, welches ihnen neue Kräfte bringen würde.

Als dann die Morgenröte am Horizont die ersten rötlichen Strahlen über das Meer schickte und sie sich abermals in Vögel zurück verwandelten, fanden sie ihre Gemütsruhe wieder und fassten den Entschluss, ihre telepathische Kraft auf die nächste Umgebung zu lenken, um einen Funken von Cheriells Geist einzufangen.

In diese tiefe Meditation brachen plötzlich kleine Signale, die sich rasch mit dem der Kundschafter verbanden. Ein Aufatmen floss durch das Schiff. Endlich hatten sie Kontakt zu ihrer Schwester. Erfreut fragte Arkus sie, wo sie zu finden sei. Cheriell zeigte ihnen durch ihre Gedanken die Stelle, an der sie sich im Moment befand. Arkus beschloss, unverzüglich aufzubrechen, damit sie sich trafen. Er bemerkte die Angst in ihrem Geist. Er musste beschützen. Vorher jedoch suchten sie die Galaxie nach den Schiffen ihres Volkes ab, denn Cheriell konnte ihnen den gesamten Alptraum der Geschehnisse übermitteln.

Arkus erinnerte sich an seine langen Gespräche mit Karsar, dem weisen Kondor. Der hatte ihn mehrmals intensiv vor der Gefahr der Metaplasmusen gewarnt. Als Sohn des mächtigen Anführers war es seine Pflicht, die Erscheinung der alten Feinde nicht auf die leichte Schulter zu nehmen. Kein Wunder, dass Cheriells Herz von Furcht zitterte. Sie mussten verhindern, dass es den Umwandlern gelang, von dem Planeten Terra Besitz zu ergreifen. Er straffte seine Vogelgestalt, plusterte sich auf, um sich kurz darauf zu schütteln. Nein, es durfte nicht dazu kommen.

Plötzlich erreichten seine Sinne sanfte Schwingungen. Wie Wellen eines Meeres flossen sie ihm und seinen Gefährten entgegen. Immer und immer wieder. Zuerst war es nur ein unverständliches Gemurmel vieler leiser Stimmchen. Aber dann schwoll das Flüstern zu stärkeren Lauten, welche sich zu einem Ton bündelten. Dann verstanden die Adlerkundschafter die Botschaft.

Die Schiffe von Chartoriak befanden sich im Orbit der Erde. Gut getarnt kreisten sie außerhalb der Reichweite der Erdsatelliten in dieser Galaxie. Sie untersuchten bereits mit ihren feinen Geräten die sich in der Umlaufbahn befindlichen Meteoritenbrocken auf Waffen und ähnliches. Dank der perfekten Tarnung waren sie bisher nicht von der Erde entdeckt worden. Arkus bat Karsar um Rat, wie sie den Menschen helfen könnten.

Schließlich erzählte er den Gefährten von einem langbehüteten gefährlichen Geheimnis.

Mit diesem Wissen brachen Arkus und Aello in den Morgenstunden auf.

Mit weitausholenden Flügelschlägen begaben sie sich zu dem unbekannten Ort, wo sie ihre Freundin zu finden hofften.

Das Tryers

Der Gasthof lag eigentlich günstig an dem vielbefahrenen Highway zwischen Los Angeles und Malibu. Hier die unterschiedlichsten Leute ein und aus. Der Wirt hätte ein Buch darüber schreiben können, so viele eigenartige Menschen hatte er hier schon kennen gelernt.

Aber als Geschäftsmann gab er jedem Typen ein Zimmer und jedem ein Getränk, egal, wie dieser aussah. Hauptsache, derjenige konnte bezahlen. So blieb er auch gleichgültig, als sich eine Horde lederbekleideter junger Männer in seiner Gaststube niederließ.

Da er durchgehend geöffnet hatte und dies seine Schicht war, fragte er die Leute nur knapp nach ihren Wünschen, nahm die Bestellung auf und ging in den hinteren Raum, der als Küche umfunktioniert worden war, um die bestellten Getränke zu holen.

Die Piloten der Dropflyer lehnten sich zurück.

Sie warteten auf ihren Meister. Sicarius hatte angeordnet, hier auf ihn und einen Freund zu warten. Sie wussten selbst nicht, warum sie neuerdings jeden von Sicarius Befehlen befolgten. Auch diesmal spürten sie keine Lust, Widerstand zu leisten.

Nachdem sie ihre Getränke hatten, redeten sie über dies und das, machten ein paar derbe Witze und beobachteten dabei von Zeit zu Zeit die Uferstraße.

Der müde aussehende Polizist am Tisch in einer Nische des Raumes zeigte wenig Interesse an den Kerlen. Seine Gedanken waren weit weg bei seinem warmen Bett, in das er schon vor einer halben Stunde hätte steigen sollen. Seine hübsche Frau Amelie wartete gewiss auf ihn. Sie stand immer extra früh auf, wenn er von der Nachtschicht kam, um ihm seine Brote zu machen, bevor er sich schlafen legte und etwas mit ihm zu plaudern.

Die anderen Kerle hatten ihn wohl bemerkt, aber nach eingehender Studie für harmlos befunden. Schließlich wollten sie sich hier nur mit einem Freund treffen, was ihnen ein Bulle wohl kaum übel nehmen konnte.

Das *Tryers* bestand aus einem Hauptgebäude, in dem sich die Gaststube sowie zehn Gästezimmer befanden und einem Anbau, der die Privaträume des Wirtes und die Küche einschließlich Vorratskammern umfasste.

Die Außenfassade war weiß übertüncht. Die schwarzen Fensterrahmen hätten allerdings einen Neuanstrich dringend nötig gehabt.

Als Sicarius mit Nitesco im Gefolge über die Einfahrt auf den Parkplatz einbogen, stand dort als einziges Fahrzeug ein Polizeiwagen. Niemand saß am Steuer.

So stiegen sie aus, vergaßen dabei allerdings nicht sich lauern in alle Richtungen umzusehen, bevor sie durch die Eingangstür des Gasthofes traten.

Als aber der Blick von Nitesco auf Jenkins fiel, der ihn zu seinem Glück nicht bemerkte, machte er einen Satz nach hinten, um sich im Windfang zu verbergen.

„Was macht der hier?", fauchte er den raubeinigen Sicarius an. „Er gehört zur Fahndung im Dezernat. Sieh zu, dass du ihn los wirst. Er darf mich nicht sehen."

Sicarius nickte stumm.

Nitesco schob sich so unauffällig wie es bei seiner Statue nur ging aus dem Windfang und wanderte zur Rückseite des Hauses. Hier blieb er erst einmal mit dem Glas in den Händen stehen, um zu verschnaufen.

Der Messerwerfer ging langsam auf seine Leute zu, um sich zu ihnen zu setzen. Leise informierte er die Gang darüber, dass der Polizist verschwinden müsse. Er zog sein Messer langsam aus dem Gürtel, peilte aus den Augenwinkeln den Körper von Jenkins an und wollte soeben werfen, als die Eingangstür energisch aufgerissen wurde. Verdutzt hielt er inne.

Ein hochgewachsener Mann erschien in der Tür, schaute sich kurz im Raum um und ging dann zielstrebig auf den am Tisch sitzenden Polizisten zu. Nach ihm betrat ein zweiter Mann den Gasthof, steuerte den Tresen an und sagte einige unverständliche Worte zum Wirt.

Der erste Mensch klopfte dem Polizisten auf die Schulter.

„Hey, Jenkins, tut mir Leid. Aber es hat etwas länger als geplant gedauert", entschuldigte er sich. „Sie können jetzt Schluss machen und nach Hause fahren. Ich habe Freunde getroffen und werde hier übernachten."

Jenkins erhob sich.

„Wurde aber auch Zeit, Captain. Ich bin schon fast eingeschlafen. Hatten Sie Erfolg?", fragte er neugierig. Mark schüttelte den Kopf.

„Es ist noch zu früh, Genaueres anzunehmen. Wir müssen weiter forschen. Aber nicht mehr heute. Fürs Erste habe ich die Nase voll, glauben Sie mir. Seit Tagen schlage ich mir nun wegen dieses Falles die Nächte um die Ohren und komme kaum ein Stückchen weiter. Aber der Boss will Fakten. Man ist in einer verflixten Zwickmühle."

„Das ist wahr", stimmte ihm der Kollege zu, stand auf und nahm seine Jacke von der Stuhllehne. „Na gut, falls Sie mich morgen brauchen sollten, rufen Sie durch. Ab vierzehn Uhr beginnt mein Dienst."

Damit wandte er sich der Tür zu und verschwand. Kurze Zeit später hörte Mark Terry wie der Motor gestartet wurde und der Wagen davon fuhr. Er ging zu Joel hinüber. Als er am Tisch der Dropflyer vorbei kam und er im Vorübergehen automatisch die Gesichter musterte, kamen ihm einige von ihnen bekannt vor. Er zog es jedoch vor, sich nichts anmerken zu lassen. Grübelte aber unaufhörlich, während er neben dem Iren stand.

Unauffällig musterte er sie nochmals aus den Augenwinkeln. Plötzlich fiel es ihm ein. Zwei der Typen waren Mikos Dorien und Steven Chambell.

Die anderen waren ihm unbekannt, doch sie gehörten ganz eindeutig zu den beiden.

Inzwischen spürte er lauernde Blicke, welche ihm ein unangenehmes Kribbeln im Rücken verursachte. Was bedeutete ihre Anwesenheit hier? Waren sie etwa dahinter gekommen, dass er ihnen auf der Spur war?

‚Nein‘, dachte Mark, ‚sie kennen mich nicht einmal.‘ Woher sollten sie wissen, dass er der Polizist war, der den Mordfall auf der Promenade untersucht.

Nach einigen Überlegungen war ihm klar, dass die Bande zufällig auf ihn gestoßen war. Aber auch, dass diese Gruppe den Mord an Linda ausgeführt haben musste. Somit handelte es sich offensichtlich um die gesuchten Drogendealer.

Und wenn das der Fall war, grübelte er weiter, und die Annahmen von Cheriell trafen zu, dann standen diese Leute unter dem Einfluss der Außerirdischen.

Ein großer Mann mit einem gemeinen Gesicht fiel Mark besonders auf. Der starrte mit halb gesenkten Augenlidern ständig zum Tresen hin.

Endlich hatte sich Joel mit dem Wirt geeinigt und zwei Zimmerschlüssel in der Hand. Als er Marks verkrampften Blick bemerkte, hielt er inne. Seine Augen folgten unauffällig dessen Augenwink. Möglichst gleichgültig verließen sie den Schankraum.

„Glaubst du, das waren sie, Mark?", stieß Joel heraus, kaum dass sie draußen waren.

„Ssch ...!" Mark zog ihn von der Tür weg. „Wer weiß, welche Fähigkeiten sie haben. Wie gut ihr Gehör ist. Wenn sie das sind, was wir vermuten, müssen wir uns schleunigst einen Plan ausdenken bevor sie wieder verschwinden. Sie kennen uns ja nicht. Dürften also keine Gefahr in uns sehen. Komm, lass uns Antonio informieren. Und dann bringen wir zuerst Cheriell in einem der Zimmer in Sicherheit."

Mit großen Schritten liefen sie zum Mercedes. Aus dem Schatten des Anbaus trat Nitesco. Er hatte alles gehört.

So nah war ihnen also Mark Terry auf der Spur. Es wurde Zeit, dass sie ihn loswurden, überlegte Nitesco.

In diesem Moment kam Sicarius aus der Tür. Der Dicke winkte ihn zu sich. Leise berichtete er ihm, was er gehört hatte. Der Messerwerfer grinste. Lautlos schlängelte er sich zurück in den Schankraum, um seine Gefolgsleute anzuweisen.

Mark hob das schlafende Adlerweibchen aus dem Auto und Antonio wickelte behutsam eine Decke um sie. Zu Dritt betraten sie erneut das *Tryers*. Sie bemühten sich, ohne großes Aufsehen die Treppe hinaufzusteigen, um in ihre Zimmer zu kommen.

Vorerst belegten sie nur ein Zimmer. In diesem betteten sie Cheriell auf eine Liege an der Wand. Ans Schlafen war nun für sie nicht mehr zu denken. Die Gefahr war zu nahe.

„Wir haben keine Beweise, Mark", begann Antonio. „Wie willst du sie ohne Haftbefehl festnehmen."

„Wir haben Cheriell als Zeugin", erklärte der Captain.

Sein Freund lachte trocken.

„Und wie willst du sie in dieser Gestalt zur Aussage bringen. Sie kann uns nicht einmal bestätigen, dass wir die Richtigen haben!"

Der Italiener lief kopfschüttelnd auf und ab.

„Wir müssen die Typen irgendwie hinhalten", warf Joel ein. „Bis Cheriell wieder Mensch ist."

Mark stöhnte.

„Einen ganzen Tag? Ich bitte dich, Joel. Das ist unmöglich. Vorher sind sie entweder weg oder sie haben uns umgebracht", antwortete er.

„Es ist zum Verzweifeln." Antonio strich sich über seine rauen Bartstoppeln, die sich nun, nach über vierundzwanzig Stunden Dienst, bemerkbar machten.

„Könnt ihr denn keine Verstärkung holen?", fragte der Ire.

„Die Verstärkung würde die Typen garantiert vertreiben", meinte Mark.

„Ich weiß was wir machen! Dorien und Chambell werden gesucht. Wir werden sie in Untersuchungshaft nehmen. Vielleicht verraten sie den Schlupfwinkel der Dealer."

„Das glaubst du doch selbst nicht, Mark", erwiderte Antonio. „Die halten doch alle zusammen. Bei deren Strafregister würden sie nicht einmal Bewährung kriegen. Sie haben nichts mehr zu verlieren. Außerdem könnte ich mir vorstellen, dass sie schon aus Angst vor Vergeltung schweigen werden."

„Ja, wahrscheinlich", seufzte Mark.

In diesem Moment gab es einen heftigen Knall vor ihrer Tür. Die Polizisten zogen ihre Waffen. Joel hechtete zu Cheriell an der Wand, um sie mit seinem Körper zu schützen. Doch durch das laute Geräusch war sie aufgewacht und hatte sich furchtbar erschreckt.

In Sekundenschnelle wühlte sie sich aus der Decke und schlug mit den Flügeln. Durch den Verband war sie stark behindert. Schaffte es aber dennoch, in ihrer Panik wild um sich schlagend das Fenster zu erreichen, ehe Joel sie festhalten konnte. Da es jedoch verschlossen war, prallte sie dagegen und fiel auf den Boden.

„Cheriell", der Ire war sofort bei ihr und schlang seine Arme um sie, um sie am Flattern zu hindern.

„Ruhig, ganz ruhig, beruhige dich doch!"

Sanft streichelte er den zitternden Vogel.

„Was war das?", flüsterte Antonio, denn draußen herrschte unheimliche Stille.

Mark schlich zur Tür.

Mit einem Ruck, den Revolver in der Hand, stieß er sie auf. Beide sahen vorsichtig um die Ecke in den Flur. Dicker weißer Qualm stob ihnen entgegen der ihnen die Sicht nahm.

Mark schob sich langsam aus dem Zimmer. Vergeblich versuchte er etwas zu erkennen. Ein Hieb auf den Kopf raubte ihn für Sekunden die Besinnung, aber er fasste sich sofort wieder und schlug zurück. Blut spritzte über seine Finger. Er wusste nicht, was er getroffen hatte, aber das folgende Stöhnen sagte ihm, dass es zumindest ein ganz guter Treffer gewesen war.

Antonio sprang nach vorne und schoss über Marks Kopf hinweg ins Ungewisse. Glas klirrte. Noch immer hielt sich der Nebel. Sie tasteten sich an den Wänden entlang. Antonio in die eine, Mark in die andere Richtung des Korridors.

An den Stufen, die in den Schankraum hinunter führten, blieb Mark stehen. Der Qualm lichtete sich allmählich. Der Captain drückte sich an die Wand, während er Stufe für Stufe hinab ging.

Hinter sich hörte er ein Geräusch. Er richtete seine Waffe darauf, immer bereit abzudrücken. Als er sah, dass Joel mit dem Adler hinterherkam, fuhr er ihn wütend an.

„Verdammt, Joel! Warum bleibst du nicht oben? Es ist viel zu gefährlich hier."

„Entschuldige, Mark!", flüsterte Joel. „Ich glaube, Cheriell hält hier nichts mehr. Sie will nach draußen. Ich habe große Mühe, sie zu halten. Sie hackt schon nach mir. Das hat sie noch nie getan!"

„Na, dann kommt", erwiderte Mark leise. „Aber bleib hinter mir. Wer weiß, wo sich die Kerle verstecken."

Sie hatten inzwischen das Foyer erreicht. Es war völlig leer. Nicht einmal der Wirt war zu sehen.

„Weißt du was", wisperte Mark. „Das ist mir nicht geheuer. Wo haben die sich versteckt?"

In diesem Augenblick zischte ein Dolch knapp an seinem Kopf vorbei. Nur einer unbeabsichtigten Bewegung hatte er es zu verdanken, dass er nicht getroffen wurde. Sie warfen sich auf den Boden.

Mark hob die Waffe und schoss in die Richtung, aus der das Messer gekommen war. Jemand stöhnte auf. Es folgten mehrere Schüsse aus verschiedenen Richtungen jenseits des Tresens. Die Ganoven schienen sich hinter den Bänken und Tischen verschanzt zu haben.

Aus der oberen Etage hörten sie jetzt ebenfalls Schüsse.

Unerwartete Hilfe

Cheriell entwischte Joel und flatterte ängstlich zum Ausgang. Die Türen standen offen, so dass es ihr gelang, ins Freie zu fliegen. Der Verband an ihrem Flügel hatte sich durch die ständige Bewegung gelöst und fiel nun ganz von ihrem Gefieder. Als sie ihre neu gewonnene Freiheit bemerkte, breitete sie die Schwingen ganz aus und erhob sich majestätisch in die Lüfte. Endlich konnte sie wieder fliegen. Sie kreiste hoch oben über dem furchteinflößenden Haus und wünschte, nie wieder dorthin zurückkehren zu müssen.

Aber plötzlich fiel ihr die Gefahr ein, in der sich ihre Freunde befanden. Was sollte sie tun? Was war dort los gewesen?

Jemand hatte Mark, Joel und Antonio angegriffen. Cheriell ließ sich ein Stück tiefer fallen. Es knallte immer noch so fürchterlich in dem Haus. Der Lärm tat ihren Ohren weh. Aber dennoch ging sie noch ein Stückchen tiefer und rauschte an den Fenstern vorbei, um hinein zusehen. Jemand kam aus dem Haus gelaufen. Es war Mark. Ihm folgte Joel.

Beide warfen sich hinter eine Mauer. Wo war Antonio? Cheriell flog etwas höher, damit sie in die Fenster des oberen Stockwerkes spähen konnte.

Ihre ausgeprägten Adleraugen entdeckten vor dem Türrahmen eines der Zimmer die zusammengekrümmte Gestalt des Italieners.

Das Fenster dieses Raumes stand weit offen.
Cheriells Herz klopfte heftig, als sie den Versuch machte hineinzukommen. Da ihre Flügel viel zu breit waren, musste sie auf dem Fenstersims landen, um dann auf den Boden zu hüpfen. Sie überwand ihre Furcht und näherte sich dem Freund. Sie stieß ihn mit dem Kopf an, um auf sich aufmerksam zu machen. Doch durch den Stoß sackte der leblose Körper Antonios lediglich zur Seite und sank ganz auf den blutdurchtränkten Teppich.

Wenn sie doch nur ihre menschliche Gestalt hätte. Vielleicht könnte sie ihm dann helfen. Aber so! Aus ihren grünen Augen stahlen sich zwei Tränen.

Sie wünschte es sich so sehr!

Ganz plötzlich schimmerte ihr Körper in hellem Glanz und in derselben Minute war sie ein Mensch. Verwirrt sah sie zum Fenster hinaus, aber dort war früher Morgen. Die Sonne schien und nicht der Mond. Sprachlos sah sie an sich herunter, befühlte das Kleid und ihre Arme. Was war geschehen? Sie hatte tagsüber niemals die menschliche Gestalt erlangt. Verwirrt beugte sie sich über Antonio, der noch immer wie tot auf dem Boden lag. Sie musste irgendwie versuchen ihm zu helfen. Sie drehte seinen Körper so, dass sie die Wunde sehen konnte, die eine der Schusswaffen hinterlassen hatte. Seine Schulter war getroffen und als Cheriell den

Puls fühlte, war ihr klar, dass er nur ohnmächtig war.

Sie atmete auf und machte sich daran, sein Hemd in Streifen zu reißen und ihm daraus so schnell es ging einen festen Verband anzulegen, damit die Blutungen aufhörten.

Sie schüttelte ihn sanft, aber er rührte sich nicht. Cheriell lief zum Fenster und sah vorsichtig hinaus. Es wurde nicht mehr geschossen, aber sie konnte sehen, wie sich Mark und Joel hinter der Mauer duckten. Von hier oben konnte sie einen sehr dicken Mann erkennen, der sich beim Anbau des Hauses herumtrieb.

In diesem Moment gab es einen Überraschungsangriff aus dem Haus. Mehrere Männer stürmten auf die Mauer zu. Sie war zwar mindestens zwanzig Meter entfernt, doch das schien die Kerle nicht zu interessieren. Sie erkannte einige von ihnen wieder als diejenigen, die das Pärchen auf der Promenade überfallen hatten. Klar, da war auch der Mann mit der Tätowierung. Eine warnende Stimme sagte ihr, dass ein Teil der Metaplasmusen in diesem Körper steckte. Das spürte sie instinktiv. Die Augen waren zwar nicht zu erkennen, doch die Bewegungen und diese drohende Ausstrahlung ließen ihr fast das Blut in den Adern gefrieren. Was konnte sie tun, um Mark und Joel zu helfen? Sie sah suchend in das goldene Morgenlicht. Wo blieben die Adlerkundschafter nur?

Mark und Joel schossen nicht, als der Angriff kam. Ihnen war die Munition ausgegangen. Vergeblich hielt Joel Ausschau nach Cheriell.

„Wenigstens sie konnte entkommen", murmelte er, während er versuchte seine langen Beine hinter der Mauer zu behalten.

„Wäre ich deinem Rat gefolgt und hätte Verstärkung angefordert, gäbe es wenigstens noch Hoffnung", seufzte Mark.

„Antonio scheint ebenfalls nicht in der Lage zu sein, uns zu helfen", vermutete Joel. Mark schluckte. Wenn es dem draufgängerischen Freund gut gehen würde, hätte er schon etwas unternommen. Während sie noch die knirschen Laute der Stiefel ihrer Angreifer vernahmen, mischte sich je ein zweites Geräusch hinein. Es kam von oben aus der Luft. Wie auf Kommando hoben alle die Köpfe. Über ihnen erschienen zwei riesige weiße Vögel. Es waren weiße Adler. Sie kreisten einmal über ihren Köpfen, flogen dicht an den Fenstern des Hauses vorbei und griffen dann die Dropflyer an. Diese waren so überrascht, dass sie Hals über Kopf flohen.

Nur Nitesco und Sicarius liefen nicht weg. Mit dem Gefäß in der Hand, in der sich Latro befand, hatten sie die Geschehnisse am Rande beobachtet. Nun starrten sie entgeistert in die glänzenden Augen der Adler.

Voll Hass erkannten sie ihre Erzfeinde. Die Vogelmenschen von Chartoriak!

Die Adler griffen Nitesco und Sicarius an. Die beiden versuchten zu fliehen, doch die menschliche Gestalt behinderte sie in ihren Bewegungen. Sie rannten hinter die Gebäude des Hotels. Der dicke Nitesco schnaufte. Sicarius zog ihn mit sich.

Endlich erreichten sie die Fluggeräte der Dropflyer, welche unter Büschen getarnt auf der Erde lagen. Mit letzter Kraft gelang es ihnen, sie in Gang zu setzen. Währenddessen flogen die Adler immer wieder auf sie zu. Ihre scharfen Greifkrallen versuchten die um sich schlagenden Männer zu packen.

Sicarius hatte ein riesiges Messer gezogen und fuchtelte wild in der Gegend herum. Latros Glas lag auf dem Boden des einen Fluggerätes.

Die Adler änderten plötzlich ihre Taktik. Sie hielten Abstand und beobachteten die Verbrecher aus einiger Entfernung aus der Luft.

Mark und Joel kamen um die Ecke gerannt gerade als die Dropflyerflugobjekte abhoben.

Mark warf sich gegen den Langsameren, in dem sich Nitesco befand, hielt sich fest und wurde unbarmherzig mit in die Lüfte gezogen.

„Leutnant Weston!", schrie er in die Motorgeräusche hinein, als er das Gesicht des Polizisten erkannte. „Halten Sie sofort an.

Kommen sie herunter! Landen Sie, verdammt noch mal!"

Aber der Angesprochene zeigte keine Reaktion.

Einer der Adler flog dicht an Mark heran, erwischte dessen Gürtel und riss den Captain von dem Gerät los. Mark wurde ganz schlecht, als er sich nur von den Vogelkrallen gehalten frei schwebend mehrere Meter über dem Erdboden wiederfand. Er biss die Zähne zusammen und klammerte sich an ein Vogelbein bis er sicher die Erde erreichte.

Der Adler flog los, um die Dropflyerfluggeräte zu verfolgen. Joel hastete zu Mark.

„Alles o.k.?" Dieser nickte.

„Sie sind uns entwischt", ärgerte sich Mark. „Verdammt, verdammt, verdammt!"

„Die Vögel verfolgen sie", staunte Joel. „Meinst du, einer der beiden ist Cheriell? Sie kamen mir nur sehr viel größer vor als sie."

„Der Vogel, der mich getragen hat, war sie jedenfalls nicht. Die Augen waren ganz anders. Den anderen konnte ich nicht so genau erkennen. Aber es sind vermutlich ihre Freunde, auf die sie schon so lange wartet."

„Vielleicht bekommen wir nun Hilfe gegen diese fiesen außerirdischen Dealer", hoffte Joel.

„Einer der Kerle ist jemand aus dem Dezernat, Joel. Er heißt Weston. Ich habe ihn genau erkannt. Das wird noch Probleme aufwerfen."

„Tatsächlich?", überlegte der Ire. „Kein Wunder, dass sie uns angegriffen haben. Dann dürfte er über dich und Antonio Bescheid wissen."

„Wenn das alles wäre. Ich befürchte, dass Barks Sohn in Gefahr ist, Joel. Im Dezernat kann sich Weston alle Unterlagen über den Fall besorgt haben. Er weiß, dass ich daran arbeite. Er ist sozusagen die rechte Hand meines Chefs."

„Na, das hat ja noch gefehlt, Mark. Die Lage wird laufend verzwickter. Hoffentlich ist Trevers nicht schon etwas passiert. Schützen deine Leute ihn?"

„Nur einfache Wachposten, Joel. Das ist es ja! Ein Dezernatsmitarbeiter kommt jederzeit an ihn heran. Ich möchte nur wissen, wie weit sich die gefährlichen Außerirdischen schon unter die Bevölkerung gemischt haben. Du erzählst von dieser Schauspielerin, auf meiner Arbeitsstelle sind sie schon. Die ganze Sache ist mir nicht mehr geheuer."

Sie gingen zur Vorderseite des *Tryers* zurück. Das Haus lag jetzt fast im Dunkeln. Die Eingangstür stand weit auf. Die Glasscheiben lagen zersplittert auf dem Boden. Der Wirt schien geflüchtet zu sein. Eilig liefen sie hinein, um Antonio zu suchen.

Cheriell hatte die Szene des Kampfes vor dem Eingang des *Tryers* vom Fenster aus beobachtet. Als die Adler auftauchen, machte ihr Herz einen Sprung. Es waren Arkus und

Aello, ihre Freunde, die gerade im richtigen Moment über die Wipfel der Palmen flogen.

Sie sandte ihnen eine stumme Botschaft. Sie flogen an dem geöffneten Fenster vorbei. Sie gab ihnen ein Zeichen, so dass sie ihre menschlichen Freunde erkannten, dann stürzten sie sich auf deren Angreifer, um sie zu vertreiben und die beiden Menschen in ihrer Not zu beschützen.

Während Cheriell sie mit ihren Blicken verfolgte, legte sich mit einem Mal eine Hand auf ihre Schulter. Sie erschrak fürchterlich, beruhigte sich aber sogleich, als sie Antonio erkannte, der bleich aber lebend neben ihr stand.

„Dir geht es besser?", fragte sie.

„Ja, danke, Cheriell. Hast du mich versorgt?" Seine Stimme klang kratzig. Er hielt sich die verletzte Schulter und stand etwas nach vorn gebeugt.

Sie schenkte ihm ein bezauberndes Lächeln. Er grinste ungeschickt zurück.

‚Das darf nicht wahr sein', dachte er, ‚jedes Mal benehme ich mich wie ein kleiner Schuljunge bei seinem ersten Rendezvous, sobald sie mich ansieht.'

„Du hast mein teures italienisches Markenhemd zerrissen!", spöttelte er, nur um etwas zu sagen. Er deutete mit dem Finger auf das blutbefleckte Hemd, welches nur noch halb die muskulöse Brust bedeckte. Im gleichen Moment bereute er allerdings seine Worte schon. Cheriell senkte nämlich beschämt die Wimpern.

„Oh, das tut mir sehr leid!", flüsterte sie. Er beeilte sich, sie zu beruhigen.

„Ist schon gut, Cheriell. Das war nur ein Scherz. Was ist denn da los?" Sein Blick war auf das Treiben auf dem Parkplatz gefallen. „Sind das etwa deine Freunde?"

„Ja, jetzt können die Metaplasmusen was erleben. Arkus wird sie jagen bis sie nicht mehr können."

„Arkus?" Er hob die Augenbraue.

„Er ist der Sohn unseres Anführers. Wir sind gute Freunde. Und Aello, sein Bruder, ist der andere Adler. Sie sind beide sehr schnell, sobald sie fliegen und sehr kräftig, wenn sie kämpfen."

„Ehm", machte Antonio. Er konnte noch nicht glauben, dass die Adler diese menschlichen Ungeheuer zur Strecke bringen konnten. Er nahm das Mädchen an die Hand.

„Komm, wir laufen runter und helfen Mark und Joel!" Dann stutzte er. „Oh, Cheriell! Wieso bist du schon wieder in Menschen-gestalt? Ich dachte, du verwandelst dich tagsüber in einen Vogel, äh ..., das hast du ja auch getan. Oh, Mann! Jetzt verstehe ich gar nichts mehr."

Seine Verwirrung brachte sie so zum Lachen dass sie sich kaum beruhigen konnte.

Antonio wurde puterrot.

Als sie wieder sprechen konnte, strich sie sich das blonde Haar mit beiden Händen über den Kopf nach hinten und lächelte ihn an.

„Antonio, du bist ja total durcheinander. Glaub mir, ich weiß selbst nicht, wodurch es passiert ist! Ich habe so was noch nie erlebt. Ich habe auch keine Ahnung wie ich nun meine Vogelgestalt wiedererlange. Ich stand auf einmal so da als Mensch, aber war dadurch eben in der Lage, deine Blutungen zum Stillstand zu bringen. Aber glaube mir, sobald ich unseren Weisen Karsar wiedersehe, werde ich ihn fragen, was passiert sein kann."

Er nahm sie kopfschüttelnd an die Hand und gemeinsam gingen sie die Treppe hinab dem Ausgang des *Tryers* zu. Dort stießen sie fast mit Mark und Joel zusammen.

„Cheriell!", rief Mark völlig verblüfft. Er sah sie von oben bis unten mit offenem Mund an. Dann nahm er sie in seine Arme und drückte sie fest an sich. Sie schmiegte sich an ihn und schloss für einen Moment die Augen.

„Cheriell!" Mark war immer noch überrascht, sie so zu sehen. „Wie kann das angehen, dass du ein Mensch bist? Bist du verletzt oder ist sonst was nicht in Ordnung?"

„Nein, nein, Mark. Mir geht es gut. Aber Antonio ist verletzt", entgegnete sie und löste sich aus seiner Umarmung.

„Mensch, Antonio, wir hatten schon das Schlimmste befürchtet", sagte Mark zu seinem Partner. „Bist du angeschossen worden? Zeig mal her!"

Er ließ das Vogelmädchen los und sah sich die Verwundung seines Partners an.

„Damit musst du dringend ins Krankenhaus, Tony. Vielleicht steckt die Kugel noch drin. Das kann eine böse Blutvergiftung geben."

„Ich glaube nicht", meinte Antonio. „Das würde ich spüren. Cheriell hat mich gut erstversorgt."

„Hallo, Joel", begrüßte Cheriell den Iren, der vor Staunen noch kein Wort herausgebracht hatte. Er schloss sie ebenfalls liebevoll in seine Arme und strich über das helle Haar.

„Kleines, wir dachten, du fliegst irgendwo da oben herum. Waren es deine Vogelfreunde, die uns geholfen haben?"

„Meine besten Freunde!", erklärte sie.

„Ja, des Anführers Söhne", fügte Antonio hinzu. „Sozusagen, die Königssöhne!"

„Sie sind ja riesengroß", staunte Mark. „Gibt es noch mehr von ihnen?"

„Ja, sie halten sich in einiger Entfernung getarnt in einem Waldstück auf, damit sie nicht entdeckt werden. Unser Mutterschiff ist auch schon in der Umlaufbahn der Erde. Sie untersuchen die Meteoritenbrocken, die sich dort oben befinden. Sie wollen euch helfen, die Metaplasmusen endgültig von eurem Planeten zu vertreiben. Arkus hat mir übermittelt, dass sie einen Weg gefunden haben, die Umwandler zu zerstören. Sie haben sie zuerst einmal von euch weggelockt, damit ihr in Sicherheit seid."

„Und wie wollen sie die Metaplasmusen zerstören?", fragte Antonio neugierig.

„Das hat er nicht gesagt." Cheriell zuckte mit den Schultern. „Aber ihr dürft die Fähigkeiten meines Volkes nicht unterschätzen. Tief im Inneren unseres überlieferten Wissen steckt die Lösung aller Probleme."

„Na, dann lassen wir uns mal überraschen", meinte Mark. „Ich werde jetzt versuchen das Krankenhaus zu erreichen und Bark anzurufen."

„Gut", schlug Antonio vor. „Danach sollten wir vielleicht der Flugrichtung der Verbrecher folgen, falls Cheriells Freunde unsere Hilfe brauchen." Die anderen stimmten zu.

*

Oberhalb des Wasserfalls im östlichen Teil des Universal Filmgeländes saßen, verdeckt durch eine Ansammlung moosgrüner Riesenfarne, vier unterschiedlich farbige Vögel auf felsigem Boden. Sie starrten unbeweglich über das sich unter ihnen erstreckende Tal. Vor ihren Füßen lagen mehrere Haufen groben Gesteins.

Ein Fachmann hätte sofort erkannt, dass es sich hier um Meteoritenerz handelte. Einem Laien wären die grau glitzernden Brocken allerdings nicht sonderlich ins Auge gefallen.

„Sie müssten bald kommen", brach der riesige Kondor das Schweigen.

„Ich spüre die Anspannung unserer Kundschafter. Macht euch bereit!"

Der silberne Adler neben ihm, der ebenfalls eine beachtliche Größe vorzuweisen hatte, plusterte sich auf und streckte seine Glieder. Er breitete die Schwingen aus, so dass sie die anderen drei Vögel überdeckten, reckte seinen Hals zum Himmel und stieß einen schrillen Laut aus. Das war das Kommando!

Aus den umliegenden Wipfeln der Bäume kamen nun ebenfalls diese Laute. Nur waren sie kürzer und höher. Als sich Trontan, der Silberadler, endgültig in die Lüfte erhob, folgten ihm ein Dutzend ansehnlicher Vögel unterschiedlichster Art. Jeder von ihnen hatte eine andere Farbnuance, woran der Anführer sie schon von weitem unterscheiden konnte.

Sie kreisten über dem feuchten Abgrund. In ihren Fängen hielten sie Brocken des Erzes aus dem Meteoritenbergwerk der Menschen.

Trontan war mit seiner Forschung zufrieden. Es war für die Vogelmenschen ein Leichtes gewesen, das abgebaute Erz zu untersuchen und Teile davon auf ihr Schiff zu bringen, da die Menschen auf dem Meteoritentrabanten, dort ganz offensichtlich total abgestumpft ihre Arbeit verrichteten und so ihr Eindringen nicht bemerkt hatten.

Das Mutterschiff war gut getarnt und die Shuttles flogen so schnell, dass sie nicht wahrgenommen wurden. Ein Glück für die Leute von Chartoriak, denn so hatten ihre Wissenschaftsmitglieder binnen kürzester Zeit das Material des Gesteins bestimmen können, bevor die Sonne aufging.

Der weise Karsar hatte recht gehabt. Das Erz bestand aus dem gleichen Grundstoff wie das Vulkangestein auf Chartoriak. Diese günstige Erkenntnis kam zur rechten Zeit, gerade als sie von Arkus über die Anwesenheit der Metaplasmusen auf Terra unterrichtet wurden. Karsar offenbarte ihnen sein uraltes Wissen. Und so entwickelten sie einen Plan.

Sie behielten zwar während des gesamten Tages das Aussehen eines Vogels, aber würden trotz allem ihren Plan durchführen können, wenn Arkus und Aello es bewerkstelligen konnten, die heimtückischen Eindringlinge zum Wasserfall zu locken.

Trontan hielt nach ihnen Ausschau. Plötzlich vernahm er unter sich mehrere menschliche Stimmen, die aufgeregt durcheinander schallten. Der Anführer blickte in die Tiefe.

Am Fuße des herabstürzenden Wassers, standen eine Reihe von Menschen und schauten wild gestikulierend zu ihnen in die Höhe. Einige von ihnen begannen den schmalen Weg seitens des Wassersturzes zu erklimmen. Für einen Moment dachte er daran, seinen Leuten den Befehl zu Rückzug zu geben. Doch er besann sich schnell eines Besseren und gab nur das Zeichen, weiter höher zu steigen, damit sie nicht so deutlich zu erkennen waren.

Die neugierigen Menschen sahen ihnen weiterhin zu und versuchten zur Anhöhe zu gelangen.

‚Gut, dass sie nicht fliegen können‘, dachte Trontan. Seine Sinne erfassten plötzlich gefährliche Schwingungen. Sie mussten durch seine beiden Adler übertragen worden sein, die während ihres rasanten Fluges keine klaren telepathischen Nachrichten übermitteln konnten. Dort unten über den erdenen Wegen schwebten zwei eigenartige Flugobjekte, verfolgt von seinen Söhnen.

Arkus und Aello schienen bereits einigermaßen erschöpft zu sein, denn der Abstand zu den Flüchtigen nahm ständig zu. Ihre sonst so kraftvollen Flügelschläge wirkten matt. Sie hatten ihre wartenden Freunde hoch droben unter dem strahlend blauen Himmel entdeckt, daher folgten sie den Flüchtlingen nicht weiter. So landeten sie schließlich abseits in einem belaubten Baum und beobachteten das Geschehen. Ihren Beitrag hatten sie erfüllt. Schon gruppierten sich die wartenden Vögel erneut zu vier Dreiergefügen. Die Flüchtlinge hatten das Filmgelände erreicht, wo sie stoppen mussten, da die Dropflyer ihren Tiefflug nicht mehr beibehalten konnten. Mit einem gewaltigen Schwung schraubten sich die Fluggeräte in kreisenden Bewegungen senkrecht in die

Höhe. Dann sah Trontan weit hinten auf der Landstraße ein eigenartiges Ding entlang flitzen. Wohl ebenfalls ein Fahrzeug der Erde. Es jagte in unglaublicher Geschwin-digkeit auf den Ort unter ihm zu. Mit quietschenden Reifen kam es dicht neben den aufgebauten Kulissen des Filmgeländes zum Stillstand.

Für einen Augenblick glaubte er seinen Augen nicht trauen zu können. Dem Gefährt entstieg Cheriell in ihrer menschlichen Gestalt. An ihrer Seite befanden sich drei Männer. Cheriell winkte ihm zu. Obwohl sie gegen die Sonne gucken musste, hatte sie die Helfer ihres Volkes entdeckt.

Trontan bemerkte, wie sich Karsar langsam aus dem Schatten der Farne löste und zu Cheriell herunterflog. Auf dem Gipfel eines hohen Baumes, direkt über ihrem Kopf, ließ er sich nieder. Ihre Blicke trafen sich.

Karsar nickte ihr zu.

‚Ja‘, dachte er bei sich, ‚sie hat die Kraft, dem Unvermeidlichen die Stirn zu bieten.‘

In den Überlieferungen seines Volkes hatte es immer geheißen: Die kraftvollen Sinne würden der Verwandlung gebieten können!

Cheriell hatte die Macht über ihren Körper erlangt. Gehörte sie dem Stamme an, der einst das Urvolk von Chartoriak genannt wurde? War sie mit den direkten Genen von Cherim und Cherima ausgestattet?

Er grübelte immer noch, als der Moment des Angriffes gekommen war!

Cheriell hielt sich die Hand schützend wie einen Schirm über die Augen. Die Dropflyer hatten gewiss schon dreißig Meter unter sich gelassen. Sie hatten bisher die kreisenden Vogelmenschen ignoriert. Oder waren sie nicht fähig, die Gefahr zu spüren? Die Vogelfrau wusste nicht, was ihre Freunde vorhatten. Sie war nur ganz überrascht gewesen, als sie Trontan und sogar Karsar hier bei Tageslicht ganz offen fliegen sah, obwohl es an diesem Platz vor Menschen nur so wimmelte.

Joel kam dicht an sie heran und legte eine Hand auf ihre Schulter.

„Cheriell, was haben sie vor?", fragte er flüsternd.

„Ich weiß es nicht, Joel!", erwiderte sie ebenso leise. „Ich bin mir aber sicher, dass sie die bösen Wesen vernichten wollen."

„Seht euch das an", hörte sie Antonios staunende Stimme hinter ihr raunen. „Die Vögel kreisen sie ein. Total strategisch. Sie können nicht mehr weg. Höchstens noch höher oder tiefer. Aber wenn sie das tun, landen sie wieder bei uns."

Auch Mark war zu ihnen getreten.

„Was haben sie da in ihren Fängen? Sie tragen doch irgendwas!" Er kniff die Augen zusammen und sah Cheriell fragend an. Sie zuckte mit den Schultern.

„Keine Ahnung, Mark", erwiderte sie, „Arkus hat nur gesagt, dass sie einen Weg zur

Vernichtung der Metaplasmusen gefunden haben, aber nicht welchen!"

 Hinter ihnen ertönte eine schrille Stimme. Cheriell bemerkte, wie sich der Mund von Joel zu einem schmalen Strich veränderte und legte beruhigend ihre Hand auf seinen Arm. Auch Mark und Antonio, der immer noch sehr bleich aussah, drehten sich zu der keifenden Frau um und verzogen die Gesichter.

„Aah, da bist du also", zischte Moraine und hob ihre gepuderte Nase herausfordernd in die Höhe. „Ich übernachte hier, um auf den gnädigen Herrn zu warten und du treibst dich in der Weltgeschichte herum. Mit diesem …!"

 Sie wies auf Cheriell, aber hütete sich, zu sagen, was sie dachte, denn Joel sah sie drohend an. „Wie willst du deinen Film fertig bringen, wenn du laufend verschwindest, was? Und außerdem leidet mein Teint unter dieser grellen Sonne", krächzte sie weiter.

„Lassen Sie mich in Ruhe, Moraine", fiel Joel ihr unwirsch ins Wort. „Sie sind gefeuert!"

 Er beschloss, sie einfach ab jetzt zu ignorieren. Zwar war in ihren Augen diesmal kein rosa Schimmer zu entdecken, dafür war ihr Lippenstift weit über den Rand ihrer Lippen verschmiert. Die roten Haarstoppeln klebten, vermutlich durch die Hitze, am Kopf fest und in den Augenfalten hingen noch Reste der Schminke. Angewidert wandte er sich ab. Er hatte nun endgültig die Nase voll von dieser nervtötenden Frau.

Cheriell, der Joel allmählich leid tat, weil er laufend diese widerliche Frau am Hals hatte, sah ihr stattdessen direkt in die Augen und musterte sie. Es war als würde ihre Unsicherheit den Menschen gegenüber total verflogen zu sein.

Sie spürte plötzlich eine aufsteigende Festigkeit in ihrem Inneren, die ihr zeigen wollte, dass sie stärker als jedes menschliche Wesen war. Automatisch nutzte sie diese Kraft. Allein Cheriells Blick, der fast eine halbe Minute lang auf Moraine haftete, verwirrte diese so, dass sie mit aufgerissenen Augen mehrere Schritte rückwärts taumelte, bevor sie schreiend davonlief und sich in das eiskalte Wasser des sprudelnden Flusses stürzte. Joel sah Cheriell entgeistert an.

„Was hast du denn mit der gemacht?", fragte er bestürzt, denn auch er hatte den aufsteigenden Strom der Kraft an Cheriell bemerkt, da ihre Hand immer noch auf seinem Arm lag.

Sie blickte ihm unschuldig in die Augen und lächelte schulterzuckend.

‚Konnte sie erklären, was geschehen war? Er würde es nicht begreifen', dachte sie und schwieg. Sie verstand es ja selbst kaum. Sie hatte plötzlich eine Urkraft verspürt, welche nur mit ihren Gedanken in Moraines Geist gedrungen war, um diese zu erschüttern.

Auch Mark Terry sah sie ungläubig an und überlegte, was passiert war. Cheriell gab ihm immer wieder Rätsel auf.

Schon rannten mehrere Kulissenbauer und Techniker zum Fluss und versuchten Moraine herauszuziehen. Sie schrie immer noch wie am Spieß und schnappte keuchend nach Luft. Schließlich gelang es den Helfern, Moraine an Land zu ziehen, doch auch dort kreischte sie immer weiter, obwohl man ihr die Erschöpfung schon sehr ansah.

Inzwischen waren die Dropflyer auf über vierzig Meter Höhe gestiegen und schwebten über dem Wasser. Auf Trontans Kommando flog die erste Gruppe Vögel mit ihrem Erz über die Flugobjekte und ließ den Ballast genau in deren Mitte fallen. Nitesco versuchte auszuweichen, aber die gewaltigen Schwingen und Fänge ringsherum verhinderten dies. Daraufhin ging alles sehr schnell. Jede Gruppe warf ihr Erz ab.

Latros Behälter wurde zerschmettert. Die rosafarbene Gaswolke wollte sich verflüchtigen, aber die Strahlungen des Erzes zersetzten sie sofort. Aus den Wirtskörpern der anderen beiden Gestalten entwichen ebenfalls wolkenähnliche Gebilde.

Sie hatten keine Chance in den Weltraum zu entkommen.

Der Plan der Vogelmenschen war zu genial, denn Karsar hatte vor vielen Jahren erforscht, dass sich die Meteoritenstrahlung einer bestimmten Meteoritenart tödlich auf die Metaplasmusen auswirkte. In den Vulkanen auf Chartoriak hatte es Unmengen dieser Gesteine gegeben. Und genau solch ein Material befand sich auf dem Erdtrabanten. Dies hatten sie bei ihrer Ankunft festgestellt.

Die Metaplasmusen zerfielen in Tausende kleinster Partikel, die sanft auf die Erdoberfläche zu schwebten. Sie konnten keinen Schaden mehr anrichten, da sie nicht fähig waren, sich wieder zu verbinden.

Die Flugobjekte stürzten in das schäumende Wildwasser vor dem felsigen Wasserfall und versanken. Die Vogelwesen von Chartoriak hatten gesiegt.

Am Ufer brach in diesem Moment Moraine endgültig zusammen und wurde bewusstlos. Aroon rief sofort einen Krankenwagen. Er verstand nun gar nichts mehr. Die Leute auf dem Filmgelände trauten ihren Augen nicht, als um sie herum so unglaubliche Dinge geschahen. Sie konnten sich weder auf die angreifenden Vögel noch auf Moraine konzentrieren.

Die Ereignisse spielten sich gleichzeitig ab und waren von immensem Lärm begleitet. Verwirrt schauten sie von einem zum anderen. Auch an einigen Orten in Los Angeles kippten Drogenabhängige einfach um und fielen in ein Koma. Die Polizei stand vor einem Rätsel. Im Drogendezernat liefen die

Ermittlungen auf Hochtouren, doch man fand keine Anhaltspunkte für die unglaublichen Vorfälle.

Die gesamte Polizeizentrale wurde in Alarmbereitschaft versetzt für den Fall, dass es sich um eine Epidemie handelte. Immer wieder wurden neue Vorfälle gemeldet. Der Polizeipräsident wurde schließlich informiert und ordnete zusätzliche Streifenfahrten an.

Am Strand, in der Nähe des Hotels *Tryers* wanden sich die Komplizen von Sicarius in Krämpfen, bis sie wie wahnsinnig um sich schlagend in den Ozean rannten und untergingen. Ihre Leichen wurden einige Tage später am Strand eines kleinen Fischerdorfes aus dem Wasser gezogen. Man war kaum noch in der Lage, sie zu identifizieren, so unkenntlich hatten sich ihre Gesichter zu Grimassen verzerrt.

Später wurde festgestellt, dass die gesuchten Dealer Mikos Dorien und Steven Chambell unter ihnen waren und man strich sie von der Fahndungsliste.

Der Kubaner Mancho las am nächsten Morgen in der Zeitung von den Vorfällen. Er schnappte sich sein ergaunertes Vermögen und tauchte noch am gleichen Tag unter.

*

Auf Malepartus fing der arglistige Mettius, der Diktator vieler unterdrückter Planeten, die sterbenden Schwingungen seiner Helfer auf. Er musste sich eingestehen, dass er unterlegen war.

Er schwor sich, die Erde der Menschen für die nächsten Zeitepochen der unendlichen Galaxie zu meiden. Drei seiner besten Teilhelfer waren zerstört worden. Ein Schlag, von dem sich seine Art nicht wieder erholen würde, denn sie waren nicht fähig, sich zu vermehren.

Die Materie der Metaplasmusen war empfindlich geschrumpft. In seiner bösartigen Masse brodelte es vor Zorn.

‚Irgendwann`, schwor er sich mit glühendem Hass, ‚irgendwann werden die Chartorianer und die Menschen meine Rache spüren. Aber nicht jetzt.`

Er musste einen günstigen Zeitpunkt abwarten. Er hatte Zeit, Unmengen von Zeit, alle Zeit des Universums!

Der Vorschlag

Auf der Fahrt zu Marks Wohnung in Inceville überlegte Bark, ob es nicht klüger wäre, zu versuchen, ihn nochmals telefonisch zu erreichen. Er wollte auf keinen Fall mit seinem verletzten Sohn vor verschlossener Tür stehen.

Er wies den Taxifahrer daher an, das nächste Motel an der Strecke anzufahren. Vater und Sohn betraten also die überfüllte Gaststube eines Motels mit Namen *„Raver"* und baten den Wirt um das Telefon, während der Taxifahrer draußen wartete.

Bark fiel auf, dass fast die gesamte Belegschaft sowieso alle Gäste auf einen Fernseher starrten, der oben in der Ecke über dem Tresen angebracht worden war. Abrupt hielt er inne und blieb er stehen. Es liefen gerade die aktuellen Nachrichten. Gemeinsam mit Trevers, der ihn ungläubig von der Seite ansah, verfolgte er die Berichte über kuriose Vorfälle am Wasserfall auf dem Außenfilmgelände der Universal Studios, wo nach Aussagen von Augenzeugen ein Schwarm riesiger Vögel Urlauber angegriffen haben sollten, welche sich dort auf unbekannten Flugobjekten genähert hatten.

Einige Gäste des *„Raver"* lachten schallend los und witzelten über das eben Gehörte.

„Demnächst wird uns die Presse noch auf die Nase binden wollen, wir sollten jeder Krähe vorsichtig gegenüber treten", meinte ein stämmiger Truckfahrer ironisch und hob seine Bierflasche an die Lippen.

„Ja, und vor allem passt auf, wenn ihr die Tauben auf den Marktplätzen füttert", scherzte ein anderer Gast. „Es kann ja sein, dass es verkleidete Monster sind." Erneutes Gelächter folgte.

„Was sitzen da bloß für Schwachköpfe beim Sender. Unbekannte Flugobjekte! Das wollen sie uns schon seit Jahrzehnten weismachen. Ich hab noch keins gesehen!", schimpfte ein Dritter. „Schalte doch mal um, Ben. Es ist ja nicht zum Aushalten."

Der Wirt ging mit schlurfenden Schritten zum Fernseher und schaltete durch die Programme. Er entschloss sich für das Universalprogramm, auf dem Sport gezeigt wurde. Sein Motto war es, den Gast möglichst bei Stimmung zu halten. Er mochte es nicht, wenn sich seine Gäste zu sehr ereiferten. In Gedanken sah er dann immer schon seine teure Einrichtung durch die Gegend fliegen. Doch zu seinem Pech unterbrach auch dieser Sender gerade seine Berichterstattung über ein Autorennen in Indianapolis, um Kurznachrichten zu senden.

Eine hübsche Nachrichtensprecherin erschien auf dem Bildschirm. Kokett warf sie ihre brünetten Locken in den Nacken, worauf einige Männer in der Gaststube anerken-

nende Pfiffe von sich gaben. Lächelnd nahm sie ihr Manuskript zur Hand und berichtete: „Meine Damen und Herren, guten Tag! Der ASB unterbricht für eine Kurznachricht die Übertragung aus Indianapolis. Mysteriöse Ohnmachten mehrerer Drogenabhängige beunruhigen seit heute Vormittag Los Angeles und die umliegenden Regionen. Diese Leute fielen allesamt ins Koma und müssen nun ärztlich behandelt werden. Die Polizei und Rettungsdienste kommen den vielen Notfallmeldungen zwar laufend nach, doch der Präsident hat inzwischen Maß- nahmen ergriffen und zusätzliche Mann- schaften aus anderen Städten angefordert. Die Krankenhäuser in der Stadt sind bereits völlig überfüllt. Man musste auf die Außenbezirke und weiter entfernte Hospitale ausweichen. Noch ist nicht klar, welche Ursache diese Vorfälle haben. Die Polizei forscht fieberhaft danach. Aber da es sich ausschließlich um Drogensüchtige handelt, meinte der amtliche Pressesprecher des Drogendezernates in L.A., dass man davon ausgehen kann, dass Aufputschmittel oder synthetische Drogen die Ursache sind. Noch ist nicht geklärt, welcher Art sie sein sollen, also Freunde, Hände weg von den Drogen!"
Die Sprecherin ließ erneut ihr verführerisches Lächeln über den Monitor strahlen. Dann fuhr sie fort:

„Auf einem Außengelände der Universal Studios Hollywood in Topanga soll es einen Angriff gewaltiger Raubvögel gegeben haben, die nahe des Wasserfalls gerastet hatten und sich wohl durch Schaulustige gestört fühlten. Eine Frau fiel vor Schreck ins Wasser und wäre fast ertrunken. Sie liegt nun im Koma!" Die Sprecherin räusperte sich, bevor sie weitersprach.

„Es handelt sich um die Schauspielerin Moraine Devon, die dort mit dem bekannten Schauspieler und Regisseur Joel Damar einen Film drehen wollte. Der ASB hat einige Augenzeugen über die Vorkommnisse befragt. Wir schalten direkt live dorthin, von wo unser Reporter Jack Strawkide berichtet."

„Na, da bin ich aber gespannt, was die erzählen", knurrte der Truckfahrer neugierig. „Scheint ja doch etwas da oben am Wasserfall passiert zu sein!"

Die anderen nickten. Alle warteten gespannt auf die Übertragung. Bark hatte Trevers schweigend auf eine leere Bank am äußersten Ende des Raumes geschoben und sich daneben gesetzt. Er gab ihm ein Zeichen, abzuwarten.

Endlich klappte es mit der Verbindung zu dem Reporter. Im Hintergrund sahen sie den Teil eines rauschenden Wasserfalls.

„Hallo! Hier meldet sich Jack Strawkide. Ich muss Ihnen sagen, es hört sich doch alles recht merkwürdig an, was sich hier abgespielt haben soll. Leider war Miss Devon schon mit dem Krankenwagen abtransportiert, als ich eintraf. So konnten wir leider keine Aufnahme von ihr machen. Aber, meine lieben Zuschauer, ich habe mit mehreren Augenzeugen gesprochen, die mir die Geschehnisse in verschiedenen Versionen erzählten. Hier steht einer von ihnen!"

Die Kamera schwenkte ein Stück nach rechts und blieb auf einem schmutzigen Gesicht stehen, dass einem der Kulissenbauer gehörte. Bark hielt den Atem an. Im Hintergrund waren ihm vertraute Personen zu erkennen.

„Trevers", flüsterte er aufgeregt, „sieh dir das an. Dort hinten steht Mark Terry mit Joel Damar. Sie sind am Set von Joels Film. Dann wird Cheriell ebenfalls dort sein."

Eine kleine blonde Frau erschien plötzlich bei seinen beiden Freunden und sprach mit ihnen.

„Das ist sie!" Bark hatte etwas lauter gesprochen, als ihm bewusst war. Der vor ihm sitzende Mann drehte sich um und gab ihm ein Zeichen, zu schweigen. Bark riss sich zusammen.

„Die Kleine ist Cheriell", raunte er seinem Sohn nochmals zu.

„Wirklich?", fragte Trevers.

„Ja, aber warum ist sie kein Adler?", murmelte Bark zu sich selbst.

„Was?" Trevers blickte seinen Vater nun völlig verblüfft an.

Bark wurde klar, dass er ihm die Dinge erklären musste. Aber nicht jetzt, beschloss er. Deshalb sagte er zu seinem Sohn: „Ich erzähle dir später, wie alles zusammen hängt. Lass uns erst sehen, was sich dort abgespielt hat."

Der Junge schluckte eine Bemerkung über den Geisteszustand seines Vaters hinunter, zuckte mit den Achseln und verfolgte weiter das Interview.

„Was haben Sie genau gesehen?", fragte soeben der Reporter.

Der Kulissenbauer nestelte verlegen an einer Haarlocke herum, sah mit großen Augen in die Kamera und sagte: „Na ja, da kamen plötzlich zwei so komische Flugdinger angeflogen. Wie ein Kreisel, nein, nur so ähnlich, weil sie rund waren. Und ...", er begann zu stottern, „ich ... ich weiß nicht ... genau, aber drinnen saßen, ... nein, in jedem saß ein Typ. Und da ... da ... kamen mit einem Mal die großen Viecher und flogen direkt auf diese Dinger über dem Wasser zu. Dann schrie eine Frau und wir guckten alle dahin, wo sie lief. Sie fiel ins Wasser und schrie immer noch. Ja ... ja, so war es gewesen!" Er nickte heftig mit dem Kopf, so als ob er seine Worte dringend bestätigen wollte.

„Und die Vögel und Flugobjekte? Was ist mit denen passiert?", hakte Jack Strawkide nach.

„Wie ... weiß ich nicht", antwortete der Mann beschämt, „ich war so damit beschäftigt, auf die Frau zu starren. Keine Ahnung. Aber als ich wieder hoch sah, waren sie weg und die Flugdinger sollen ins Wasser gefallen sein, sagen einige Leute."

Jack bedankte sich bei dem Mann und entließ ihn. Er wandte sich um. Als er Joel entdeckte, ging er zu ihm herüber und winkte dem Kameramann, damit er ihm folgte.

„Mister Damar, können Sie uns darüber Auskunft geben, was sich ereignet hat?", sprach er Joel an.

Der Ire zuckte zusammen und wandte sich entgeistert um.

‚Nur nichts Unbedachtes sagen', ging es ihm durch den Kopf.

„Ähm ...", machte er daher, während sein Hirn fieberhaft arbeitete. Eine Bewegung neben ihm ließ ihn stocken.

Mark schob Cheriell sanft aus dem Aufnahmebereich der Kamera hinter sich, um sie vor dem aufdringlichen Kerl zu schützen.

Seine Augen formten sich zu Schlitzen. Er hasste Reporter.

Strawkide bemerkte die Bewegung und ahnte die Absicht, die sich dahinter verbarg. Charmant wandte er sich der Frau zu, die ihn mit großen grünen Augen musterte. Die Kamera ging mit.

„Darf ich Sie vielleicht fragen, was Sie gesehen haben, junge Dame?", fragte er galant und versuchte seinen gesamten Charme zu versprühen.

Unsicher sah Cheriell von Joel zu Mark und schlug dann die Augen nieder. Mark kochte innerlich. Im selben Moment wurde er sich seines Ranges als Captain bei der Polizei bewusst.

„Haben Sie eine Genehmigung, hier zu recherchieren?", fuhr er Strawkide an, während er seinen Dienstausweis zückte.

Er beachtete die Kamera nicht, die immer noch lief.

„Gut so, Mark. Weise ihn in seine Schranken", murmelte Bark vor dem Fernseher.

Trevers grinste. Sein Vater kapierte wahrscheinlich nicht, dass sich der Captain soeben vor der gesamten Nation mit einem Reporter angelegt hatte. Und zwar vor einer Nation, die nur zu begierig war, Genaueres über die mysteriösen Vorfälle zu erfahren. Hoffentlich brachte es Terry keinen Ärger ein.

In diesem Moment unterbrach der Sender seine Übertragung und die schöne Brünette war erneut zu sehen.

„So viel vorerst zu diesem Thema. Wir informieren Sie, liebe Zuschauer, sobald sich weitere Neuigkeiten ergeben. Nun schalten wir weiter zum Autorennen nach Indianapolis. Auf Wiedersehen!"

Für eine Sekunde war es still in der Gaststube, aber dann brachen die Diskussionen los. Jeder vermutete etwas anderes. Alle redeten wild durcheinander.

Bark und Trevers verließen das *Raver* und bestiegen ihr Taxi. Sie gaben dem Fahrer die Anweisung, in Richtung Topanga State Park aufzubrechen. Etwas entgeistert sah dieser sie an. Unschlüssige Fahrgäste waren ihm zuwider.

Nach langer Fahrt und mit einigen Pausen kamen sie schließlich am späten Nachmittag in dort an. Sie bezahlten den Fahrer und schickten ihn weg. Dann betraten sie das eingezäunte Gelände der Filmgesellschaft. Dort trafen sie Mark und seine Freunde im Pantry-Zelt an.

Cheriell saß ebenfalls mit an dem runden Tisch in einer Ecke. Sie hatte den Kopf auf Marks Schulter gelegt und die Augen geschlossen. Als Bark und Trevers eintraten und die anderen begrüßten, schreckte sie hoch und blinzelte verschlafen mit den Augenlidern.

Trevers starrte sie sprachlos an.

„Hey, Bark!", rief Antonio und sprang auf. „Welch eine Überraschung und deinen Sohn hast du auch mitgebracht."

Sie schüttelten sich die Hände und Antonio klopfte ihm kameradschaftlich auf die Schulter. Bark verzog leicht das Gesicht. Er hatte immer noch Schmerzen in den

Schultern und auch sein Kopf schmerzte wieder.

„Du siehst ja schrecklich aus", bemerkte Joel, als auch er ihn begrüßte und ihn näher musterte. Sein Blick fiel auf Trevers. Er bemerkte das blutverschmierte Gesicht des Jungen.

„Habt ihr gekämpft? Wieso bist du nicht mehr im Hospital?"

Trevers ließ sich auf den nächsten Stuhl fallen. Auch Bark setzte sich mit einem Seufzer der Erleichterung.

Dann berichteten sie von ihrer Entführung, von der Flucht und davon, wie sie die Geschehnisse der letzten Stunden erfahren hatten.

Danach waren Mark und Cheriell dran, zu erzählen. Bark staunte nur und Trevers erfuhr endlich, welches das Geheimnis um Cheriell war.

„Dann haben deine Freunde also diese Drogendealer von einem anderen Stern endgültig vertrieben?", fragte Bark Cheriell, nicht ohne Bewunderung.

„Ich denke schon, Bark", antwortete sie hoffnungsvoll. „Nur muss ich allmählich zu meinen Leuten zurück, damit wir beratschlagen können, was weiter wird. Hier auf eurem Planeten können wir gewiss nicht bleiben, obgleich ich es bedauere, weggehen zu müssen. Meine Brüder werden gleich ihre menschliche Gestalt erlangen. Sie werden bestimmt beschließen, weiterzuziehen."

Ihre großen grünen Augen ruhten auf Mark. Er erwiderte den Blick. Traurigkeit schlich sich in sein Herz. Er würde Cheriell verlieren. Ihre Augen sagten es ihm ganz deutlich. In seinem Hirn arbeitete es fieberhaft. Er wollte so gerne, dass sie blieb, aber fand keine Lösung. Sie gehörte zu den Vogelmenschen.

Auch die anderen schwiegen. Sie dachten alle das Gleiche. Wie konnte man den Vogelmenschen helfen, so dass sie auf der Erde eine sichere neue Bleibe finden würden.

Plötzlich brach Joel die Stille.

„Ich habe eine Idee!", rief er aus. Zweifelnde Blicke trafen ihn. Als er ihnen dann seinen Plan unterbreitete, leuchteten die Augen der schönen Vogelfrau.

Kurz nachdem die letzten Sonnenstrahlen verschwunden waren, kletterten Cheriell und ihre Freunde den schmalen Pfad des Wasserfalls hinauf. Als sie die obere Kuppe der Felsen erreichten, kamen ihnen aus dem Dickicht der Farne vier hochgewachsene Männer entgegen. Einer von ihnen glich einem uralten Greis. Seine olivgrüne Kleidung war durch einen goldenen Kragen verziert.

Die grauen Augen schienen stechend. Aber wenn man näher hinsah, konnte man alle Weisheit der Welten darin erblicken. Die grauweißen Haare fielen wie ein Schleier auf die Schultern hinab. Trotz seines hohen Alters hielt er sich kerzengerade.

Der Mann neben ihm ging mit stolz erhobenen Kopf wie eine lebende Statue einher. Er war mit einem silbernen Einteiler bekleidete, der dem Overall der Raumfahrtmechaniker glich. Er und der Alte wurden von zwei jüngeren Männern flankiert, die beide ganz in mattweißen Overalls gekleidet waren.

Zwei Meter von den wartenden Menschen blieben sie stehen und betrachteten diese eine Weile. Cheriell hob begrüßend die flache Hand, legte sie an die Brust und verneigte sich leicht.

Die Vogelmenschen erwiderten den Gruß, woraufhin auch die Menschen diese Geste wiederholten, um höflich zu sein.

Nachdem diese Förmlichkeiten beendet waren, führten die Chartorianer die Menschen zu ihrem getarnten Raumshuttle in der Kiesgrube.

Man setzte sich schweigend in eine Kreisformation. Mark und seine Freunde sahen sich staunend um. An den Wänden des Shuttles befanden sich unendlich viele Konsolen und Schalttafeln, dessen buntes Lichtergewirr unaufhörlich blinkte und blitzte.

Die Chartorianer verfügten über eine außergewöhnliche und vielseitige Technik, die sie allein entwickelt hatten und auch nur allein beherrschten. Erst jetzt, im Schutze des Shuttles, sprachen die Außerirdischen.

„Cheriell, wir freuen uns, dass es dir gut geht", ertönte die dunkle Stimme Trontans.

Die Menschen wunderten sich, dass sie verstanden, was der Anführer sagte.

„Ich bin froh, dass meine Brüder endlich gekommen sind", antwortete Cheriell. „Ich habe viel über diesen Planeten erfahren können. Arkus hat mir mitgeteilt, dass Chartoriak zerstört ist, Trontan."

Sie schluckte tapfer ihre Trauer hinunter.

Zögernd fuhr sie fort. „Dieser Freund von mir, möchte euch etwas vorschlagen!" Sie wies auf Joel. „Er glaubt die Lösung für unsere Probleme gefunden zu haben. Eventuell könnten wir auf Terra bleiben, wenn ihr zustimmt."

Trontan zog überrascht die Augenbrauen hoch und sah nun Joel direkt an.

„Sprich!", forderte er ihn auf.

„Ja, also ich habe Freunde an der nord-westlichen Küste von Kanada. Das Gebiet heißt British Columbia. Dort gibt es viele Inseln. Eine davon heißt Pitt Island. Ein Teil dieser Insel ist ein National Park. Von dort aus würdet ihr aber auch etliche andere baum- und wasserreiche Reservate erreichen, die überwiegend unbewohnt sind. Ihr müsst nur achtgeben auf die Erzabbauer. In deren verlassenen Erzgruben würdet ihr sicherlich in den Felsen und Stollen einen Platz finden.

Dort könntet ihr mit dem neu anfangen, was ihr auf eurem Planeten in Menschengestalt getan habt. Soweit Cheriell es uns anvertraut hat, seid ihr technisch hoch entwickelt. Und dort fernab der Zivilisation gelingt es eventuell, einiges davon wieder aufzubauen, was ihr zurücklassen musstet. Der höchste Punkt auf Pitt Island ist der Hevenor Peak mit über 1000 Metern. Ein guter Aussichtspunkt.

Außerdem gibt es dort unglaublich viele grüne Flächen, gewaltige Waldstücke, Flüsse und Seen. Wie schon gesagt, es leben sehr wenige Menschen dort. Würdet ihr dort bleiben, hättet ihr eine große Chance, nicht entdeckt zu werden. Die Menschen dort wohnen nur an einigen zerstreuten Orten und was sehr wichtig ist: Sie achten die Natur. Ich bin sicher, sie würden einem Raubvogel nicht nachstellen, solange er das Vieh in Ruhe lässt."

„Gibt es genug Nahrung an diesem Ort?", warf Karsar nachdenklich ein. „Nahrung für eine Schar kleiner und große Vögel?"

„Ihr werdet ganz sicher genug zum Essen finden. Der Ozean ist mit seiner Fischvielfalt in der Nähe. Wie gesagt, es gibt jede Menge Flüsse und Gebirge, in denen ihr jagen könntet. Das Klima ist etwas rauer, aber das dürfte kein Problem sein, denn Cheriell hat mir erzählt, dass auf eurem Planeten ein extremeres Klima herrschte als hier an der

Westküste Amerikas, wo wir uns gerade befinden."

Der alte Karsar sah seine Brüder an. Zum Schluss blieb sein Blick auf Cheriell haften.

„Kommst du mit?", fragte er sie.

Irritiert durch diese direkte Frage, schlug sie schweigend die Augen nieder.

„Ich kann doch nicht mitkommen, Karsar!", erwiderte sie dann und sah ihn dabei fest an.

„Warum nicht?", rief Arkus entsetzt aus. „Du gehörst zu uns, nicht zu denen!"

Er wies mit dem Arm auf Mark, Joel und die anderen.

„Arkus! Bitte lass mich erklären. Ich habe die Fähigkeit verloren, mich in einen Vogel zu verwandeln. Du hast doch gesehen, dass ich plötzlich auch am Tage ein Mensch bin. Ich weiß nicht, wie ich mich nun wieder zurückverwandeln soll."

Sie sah ihn verzweifelt an.

Karsar stand auf und trat zu ihr. Auch Cheriell erhob sich zögernd und stand ihm nun direkt gegenüber. Er legte beide Hände auf ihre Schultern. Sie sahen sich lange an. Sie hielt seinem forschenden Blick stand.

„Wenn du nur willst, kannst du es, Cheriell." Bedeutend nickte er mit dem Kopf. Seine Stimme klang dunkel und fest „Du hast eine Kraft erlangt, die es dir ermöglicht, auch während des Tages ein Mensch zu sein. So ist es auch umgekehrt. Du musst es wirklich wollen und dich stark darauf konzentrieren, dann geschieht es."

„Das könnte natürlich sein, Karsar", erwiderte Cheriell nachdenklich. „Ich stand unter enormen Druck, als es geschah. Glaub mir, ich bin sicher, das war der Auslöser. Ich wollte Antonio unbedingt helfen und wünschte mir sehnlichst, ein Mensch zu sein, damit ich es konnte."

Die Anwesenden sahen sie bewundernd an. Sogar Arkus, der schon so viel Unmögliches mit Cheriell erlebt hatte, war erstaunt über ihre Wandlung.

Karsar ergriff erneut das Wort.

„Du musst es üben. Komme mit uns in dieses fremde Land, wo wir Ruhe haben und ich werde dir behilflich sein, deine Fähigkeiten zu schulen, so dass du sie immer unter Kontrolle hast. Und sobald wir es bei dir erreicht haben, werde ich versuchen, auch weitere unserer Brüder und Schwestern darin anzuleiten, selbstbestimmende Verwand-lungen zu erlerne."

Es ging ein erstauntes Raunen durch die Vogelmenschen.

„Warum haben wir das bisher nicht versucht", war die Frage von Arkus.

„Es bestand nie eine Veranlassung dafür", erklärte Karsar. „Aber hier in dieser Welt auf Terra halte ich es für sicherer, wenn wir uns anpassen können."

„Da haben Sie wahrscheinlich recht", stimmte Joel ihm zu. „Cheriell könnte derweil vorerst bei meinen Freunden am Rande von Hartley Bay wohnen. Das ist ein kleines Dorf etwa 15 Kilometer vom eigentlichen Reservat entfernt. Dort leben sie auf einem riesigen Anwesen. Die Umgebung ist einsam, aber das Haus ist groß. Sie haben gewiss nichts dagegen, wenn ich eine Freundin von mir bei ihnen einquartiere. Was hältst du davon, Cheriell."

Sie strahlte ihn an.

„Oh, ich danke dir, Joel! Kommt ihr denn auch mal vorbei und besucht mich?" Fragend blickte sie ihre Erdenfreunde an.

„Natürlich kommen wir", grinste Antonio und die anderen nickten eifrig.

So wurde also abgemacht, dass Trontan und Karsar mit Ihrer Landefähre zum Mutterschiff zurückkehren sollten, um die restliche Bevölkerung von Chartoriak auf die neue Heimat vorzubereiten. Arkus und seine Kundschafter starteten das Shuttle und setzten Kurs auf British Columbia.

Die Menschen durften mitkommen. Joel sowieso, damit er ihnen die Gegend zeigen konnte. Cheriells Freunde begleiteten sie schon aus reiner Neugierde. Welcher Mensch war jemals in einem außerirdischen Flugobjekt geflogen.

Sie schworen den Vogelmenschen, ihre Erfahrungen für sich zu behalten. Sie behielten unterwegs die Tarnung des Shuttles bei, damit die Radargeräte auf den Kontrollstationen der Erde sie nicht erfassen konnten. Diese Idee stammte von Trevers, der technisch sehr versiert war. Er schloss sofort Freundschaft mit den jungen Kundschaftern des fremden Planeten und tauschte mit ihnen Erfahrungen aus.

Schließlich schlugen sie ihm vor, sie vorläufig auf Pitt Island zu unterstützen und mit ihnen zusammenzuarbeiten. Er nahm das Angebot freudig an, zumal es Karsar mit seiner Heilkunst gelang, Trevers schmerzhafte Verletzungen zu schließen und er sich daraufhin wesentlich wohler fühlte.

Auf einen weiteren Rat von Barks Sohn hin überflogen sie die pazifische Küste in einem weiten Bogen in niedriger Höhe, um nicht aufzufallen.

Aello staunte nicht schlecht, als er die gewaltigen Wassermassen des azurblauen Ozeans sah. Glücklicherweise war das Meer verhältnismäßig ruhig. Sie wichen jedem Schiff auf mehrere Kilometer Entfernung aus, damit sie nicht durch die Radarortung bemerkt wurden und beobachteten wachsam den Horizont.

Im Laufe der Nacht erreichten sie den Bestimmungsort. Als sie dann in einer Bucht am Strand aufsetzten und die Vogelmenschen das weite grüne Land mit den unzähligen

Bäumen sahen, welche vom Mondschein beleuchtet wurden, schwiegen alle andächtig bei dieser überwältigenden Naturpracht.

„Es ist nahezu berauschend", meinte Arkus leise bei dem Anblick der vegetarischen Vielfalt. „Dort beginnt gleich der Wald. Und von oben sah alles riesig aus. Ich werde ihn heute Nacht noch erkunden. Joel, in welcher Richtung liegt das Anwesen deiner Freunde?"

Joel kletterte auf die Plattform des Shuttles und versuchte, sich zu orientieren.

„Im Dunkeln habe ich trotz des Mondes Schwierigkeiten, mich zu orientieren, Arkus", antwortete er kopfschüttelnd nach einer Weile. „Ich weiß zwar die grobe Richtung, aber lass uns lieber warten bis die Morgendämmerung hereinbricht. Zu dieser Zeit seid ihr noch Menschen, dann erkläre ich es euch. Danach könnt ihr schneller das Land auskundschaften, wenn Ihr fliegt."

Arkus stimmte ihm zu, obwohl er seine Neugierde kaum zügeln konnte. Er sah sich nach Cheriell um. Sie spazierte am Arm von Mark Terry den Strand entlang und er hörte ihr wunderschönes Lachen.

Der Anblick versetzte ihm einen Stich ins Herz. Er fühlte sich immer noch verantwortlich für seine Freundin. Es sah fast so aus als würde sich dieser fremde Mensch in Cheriells Herz geschlichen haben.

Doch war sie nicht eine Vogelfrau?

‚Sie muss sich einen Partner unter ihresgleichen suchen', dachte Arkus.

Eigentlich kam nur er, Arkus, dafür in Frage. Schließlich kannten sie sich schon sehr lange. Und er wollte sie. Ganz bestimmt.

Sehnlichst wünschte er sich den Tag herbei, an dem dieser Mensch zurück an seine warme trockene Küste reiste und er Cheriell wieder für sich hatte. Jemand trat neben ihn. Es war sein Bruder Aello.

„Du knirschst mit den Zähnen, Bruderherz!" Er sprach ihm direkt ins Ohr, so dass Arkus unwillkürlich zusammenzuckte. Aello lachte.

„Ich weiß genau, was du denkst, wenn du sie so ansiehst", meinte er. „Du kannst es nicht leiden, dass die Menschen sie vielleicht noch mehr lieben als du, stimmst!"

Ärgerlich sah Arkus ihn an. Doch der Anflug von Missstimmung verflog augenblicklich wieder. Er musste ehrlich zugeben, dass sein Bruder Recht hatte. Sie beschlossen, ein wenig zu ruhen bis der Tag anbrechen würde. Die anderen Menschen hatten sich im Innern des Shuttle bereits zum Schlafen gelegt, denn Trevers und Bark waren ziemlich erschöpft. Antonio schnarchte schon in einer Ecke unter einer dünnen Vliesdecke, die von Chartoriak stammte.

Auf einem Felsstein am Meer saß Joel schweigend in der Dämmerung und rauchte seine Pfeife. Er trug sie meist bei sich.

In der letzten Zeit hatte er sie ganz vergessen, da seine Gedanken meistens bei Cheriell weilten.

Nun hatte er sie wiederentdeckt und angezündet. In Gedanken versunken fixierte er die glänzende Wasseroberfläche und lauschte dem gleichmäßigen Geräusch der plätschernden Wellen. Er hörte das Lachen der Vogelfrau und wünschte sich plötzlich an Stelle von Mark mit ihr am Strand wandeln zu können. Er seufzte. Seine Gefühle für das hübsche Mädchen würden für immer sein Geheimnis bleiben.

Am nächsten Tag brachten sie das Shuttle noch vor Sonnenaufgang in der Morgendämmerung an eine günstigere Stelle.

Jenseits des nahegelegenen Waldes gab es einen alten Steinbruch, der gerade ideal für ihre Deckung war. Hier tarnten sie es, besprachen sich nochmals mit Joel und einigten sich auf ihr nächstes Treffen. Beim ersten rötlichen Sonnenstrahl des Morgens verwandelten sie sich in weiße Adler zurück.

Cheriell hatte wiederum ihre menschliche Gestalt behalten. Joel beschloss daher, mit ihr und den restlichen Männern, zu seinen Freunden aufzubrechen.

Bark verabschiedete sich von seinem Sohn, denn Trevers wollte über seine neuen Freunde wachen, solange sie schliefen und beim Shuttle bleiben, wenn die Kundschafter die Umgebung überflogen. Sie gaben ihm eine Kammer mit allem technischen Komfort und er machte sich sogleich daran mit seinem neuen Freund Aello, die Technik zu erforschen, die ihm geboten wurde.

Bark war sehr stolz auf seinen Sohn. Trevers ging mit den Fremden um wie mit seinesgleichen. Er würde bei ihnen glücklich sein. Ab und dann wollte Bark ihn besuchen. Es würde eine gute Gelegenheit sein auch Cheriell wiederzusehen, die bei Joels Freunden wohnen sollte.

Es war ein anstrengender Marsch, den Joel seinen Freunden zumutete, denn sehr oft mussten sie Hindernissen ausweichen und andere Wege wählen. Nach einem langen anstrengenden Marsch erreichten sie schließlich ziemlich erschöpft das imposante langgestreckte Gebäude, welches mit seiner schneeweißen Fassade und kadmiumroten Dachziegeln in der frühen Vormittagssonne leuchtete.

Das Familienoberhaupt, Warren Cole, kam gerade aus dem Haus, als er seinen irischen Freund Joel in Begleitung einer Frau und zwei Männern durch das Tor kommen sah.

Überrascht rief er nach seiner Gattin. Zwei der jüngeren Brüder kamen mit ihren Ehefrauen aus den benachbarten Katen, die zu den Nebengebäuden zählen.

Schafsgeruch hing in der Luft und der Duft von Kräutern und Lavendel, welcher offensichtlich erstens von einer riesigen Weide und zweitens aus einem umzäunten Kräutergarten kam.

Die Ankömmlinge wurden herzlich begrüßt. Die Frauen waren rührend besorgt um die hübsche junge Frau, die Joel zu ihnen gebracht hatte und sofort damit ein-verstanden, dass sie bei ihnen wohnte.

Sie unterhielten sich während des restlichen Tages, aßen und tranken und waren einfach nur fröhlich, wie seit Langem nicht mehr.

Cheriell fühlte sich wohl bei ihnen. Sie lachte und versprühte ihren natürlichen Charme, so dass ein jeder sie sofort ins Herz schloss.

Es wurde eine lange Nacht. Die Männer tranken eine Menge irischen Whisky und die Familien erzählten eine Anekdote nach der anderen. Mark war das Trinken gar nicht so gewohnt.

Nach drei Gläsern des feinen Getränkes und zwei Kaffee Irish Cream sah er allmählich zwei Cheriells und fing an mit Beiden ein Gespräch zu dritt zu führen.

Die Frauen hatten alle Kinder, die am nächsten Tag ihre Aufmerksamkeit und Kräfte benötigten. Daher gaben sich die vier Frauen an einem extra Tischchen lieber dem Trinken von vorzüglichen Tee hin. Mark pendelte vom Herrentisch zum Damentisch hin und her, bis er mit dem Glas in der Hand in einen Sessel sackte und einschlief.

Cheriell war ebenfalls entsetzlich müde und bat darum, sich zurückziehen zu dürfen.

Man zeigte ihr ihr Zimmer und endlich durfte sie sich ausruhen. Glücklich schloss sie die Augen, um den Tag und die schönen Entwicklungen noch einmal gedanklich zu betrachten. Doch schon nach Sekunden war sie eingeschlafen. Spät in der Nacht fanden auch die anderen ihre Betten.

Bei Sonnenuntergang trafen die ersten Schiffe der Vogelmenschen auf der Insel ein. Wohl darauf bedacht kein Aufsehen zu erregen, landeten sie in verschiedenen Zeitabständen und an weit auseinander liegenden Punkten.

Die Ankömmlinge staunten freudig über das wunderschöne Land. Da sie durch Telepathie verbunden waren, konnte Trontan seine Befehle an alle zugleich übermitteln. Sie wollten sich im Laufe der nächsten Nacht an der Küste sammeln, einander berichten und miteinander beraten. Systematisch wollte er die Insel erkunden, die Menschen beobachten und sich heimisch einrichten, ohne dass sie es bemerkten.

Karsar beschloss, Cheriell erst an einem der nächsten Tage einen Besuch abzustatten. Sie musste sich bei den Menschen zuerst etwas eingewöhnen, dann würde er sie lehren, ihre Verwandlungsgabe zu benutzen.

Müde saß er auf einem Felsen, der über ein Kliff ragte, und blickte in die Ferne. Die Weite des silbern glitzernden Meeres auf Terra imponierte auch ihm.

Er schloss die Augen. ‚Ich bin alt geworden', dachte er. Sein Körper und auch sein Geist sehnten sich nach der unendlichen Ruhe.

Sein Volk musste bald ohne ihn auskommen. Aber vorher war es noch seine Aufgabe Cheriell zu seiner würdigen Nachfolgerin auszubilden. Ihre Energie und ihr fester Wille sollten ihr dabei behilflich sein. Sie war zwar noch sehr jung, aber auch sehr stark. Sie hatte das Volk von Chartoriak in seine neue Heimat geführt und sie würde in Zukunft all das Wissen in sich wecken, das in ihr schlummerte.

Sie würde auch die bedrohlichen Zeichen erkennen, die er ihr in den Vulkanhöhlen von Chartoriak gezeigt hatte. Diese Zeichen zu deuten war eine weitere Aufgabe, die Karsar seiner Schülerin nun beibringen musste. Sie mussten fest in ihrem Gedächtnis verankert werden. Jeder Feind des Volkes besaß seine besonderen Merkmale. Cheriell musste sie alle kennen, damit die Vogelmenschen überleben konnten.

Er hatte ein gutes Gefühl bei dem Gedanken, dass sie auf dem blauen Planeten ohne große Gefahr existieren konnten.

Nach langer vergeblicher Suche hatten sie schließlich doch noch eine neue Heimatwelt gefunden!

Inhalt

Cheriell

Mark

Entdeckt

Die Saga Chartoriaks

Die Umwandler

Flucht von Chartoriak

Überraschende Erkenntnis

Landung auf Terra

Am Filmgelände

Trevers

Pacific Coast Highway

Entführung

Dropflyer

Das Tryers

Unerwartete Hilfe

Der Vorschlag

Personenliste

Cheriell	
Mark Terry	Captain/Polizist
Joel Damar	Ire Schauspieler/Regisseur
Antonio Solero	Italiener/Polizist
Bark Slade	Musiker Brite
Trevers	Slade sein Sohn
Linda McCoy	Trevers Freundin, Drogenermittlerin
Commander Trill	Chef von Terry und Solero
Ltn. Weston	Mitarbeiter im Dezernat
Ltn. Jenkins	Mitarbeiter im Dezernat
Aroon	Co- Produzent von Joel
Bill, Cain, Jean	Stuntmänner
Henry	Maskenbildner, Inder
Moraine Devon	Schauspielerin Französin
Dario	Wirt/ Italienisches Restaurant
Mancho	Drogendealer

Chartoriak / Planet der Vogelmenschen

Trontan	Anführer
Kasar	Weiser des Volkes / Kondor
Akus, Aello, Gelaf	

Metaplasmusen auf Malepartus/gasartige Wesen

Mettius   oberster Führer/Diktator

Latro

Sicarius

Nitresco

Die Universal Studios Hollywood liegen in einem Park in Los Angelos

Santa Monica ist eine Küstenstadt westlich der Innenstadt von Los Angeles.

Topanga liegt nordwestlich von Los Angeles

Pitt Island ist eine Insel vor der nordwestlichen Küste der kanadischen Provinz British Columbia
Die Insel liegt in der Hecate-Straße zwischen dem Festland und Banks Island. Der höchste Punkt der Insel ist der *Hevenor Peak* mit einer Höhe von 1099 Metern.
Auf der Insel liegt ein Teil eines Nationalparks.

Danke an alle, die mir bei diesem Projekt zur Seite standen.

Besonders dir, lieber Adrian, wiederum für die Entwicklung des Covers und der Fertigstellung des Buchblocks. Was würde ich ohne dich machen. Fühl dich ganz herzlich umarmt, mein Sohn.

Herzlichen Dank auch dir, liebe Bärbel, für die Korrekturarbeit, die fruchtenden Gespräche und deine Ratschläge. Schön, dass es dich gibt.

Und nicht zuletzt danke dir, mein Schatz, für deine Geduld, deinen Zuspruch und deinen Frohsinn, bei allem, was ich anpacke.

Dieses Buch und alle Bücher

von Silke Wojtowitz sind unter

e-mail@siltowi.de bei der Autorin zu erhalten

Weitere Empfehlungen

Auf dem Gelände der Grotte di Catullo in Sirmione am Gardasee entdeckt die Studentin Sirina eine unterirdische Höhle.

Dort hängt eine riesige Kristallnadel, welche heftig an zu rotieren beginnt, als sie diese berührt. Plötzlich erbebt die Erde, Vulkane brechen aus, Orkane bedrohen die Länder.
Hat sie dieses Inferno ausgelöst?
Zeitgleich registrieren die deutschen Geophysiker Aric und Nigel im Institut für Physikalische Forschungen (IfpF) ungewöhnliche magnetische und seismologische Messdaten. Ein Wettlauf mit der Zeit beginnt, mit dem Ziel, das totale Chaos auf der Erde zu verhindern.

ISBN 3-937791-18-3   19,80 Euro 354 Seiten, Hardcover **nur bei der Autorin zu erhalten**

www.siltowi.de oder per e-mail@siltowi.de

Kurzgeschichten in liebevoller, ja oft humorvoller Form, spiegeln bunte Seelenbilder wieder, weisen auf Ungerechtigkeiten in der Gesellschaft hin und nehmen atemberaubende oder unvermutete Wendungen. Der Leser wird auf eine Reise in die Natur und der Gefühle geschickt, deren Faszinationen er sich nicht entziehen kann. Eine lyrische Untermalung, ebenfalls aus der Feder der Autorin, rundet das Werk auf bezaubernde Art und Weise ab.

ISBN 978-3-7322-3175-1 11,90 Euro BoD

Dieses Büchlein erzählt von Engeln und Wichteln, von pfiffigen Tieren, hurtigen Sausewinden, von verzauberten Prinzessinnen und fliegenden Pferden. Kleine und große Wunder werden entdeckt.
Man betritt ein Wolkenschloss, schaut einem Großvater und seinen Enkelkindern über die Schulter oder spielt eine der Geschichten mit Freunden nach. Erzählungen zum Nachdenken oder Träumen. So findet sich hier eine bunte Vielfalt von Märchen und Geschichten zum Vorlesen und Selbstlesen für und über Kinder, Eltern und Großeltern.

ISBN 978-3-8370-2769-3 10,99 Euro BoD

ISBN 3-86703-662-4, ISBN 3-86703-663-2
zu bestellen bei der Autorin über
www.siltowi.de oder per e-mail@siltowi.de

„... utopisch und doch so nah
bei der Wirklichkeit!
Man muss einfach dabeibleiben."